나는 날마다 새날을 꿈꾼다

나는 날마다 새날을 꿈꾼다

발행일	2023년 5월 15일

지은이	유귀덕		
펴낸이	손형국		
펴낸곳	(주)북랩		
편집인	선일영	편집	정두철, 배진용, 윤용민, 김다빈, 김부경
디자인	이현수, 김민하, 김영주, 안유경, 최성경	제작	박기성, 황동현, 구성우, 배상진
마케팅	김회란, 박진관		

출판등록 2004. 12. 1(제2012-000051호)
주소 서울특별시 금천구 가산디지털 1로 168, 우림라이온스밸리 B동 B113~114호, C동 B101호
홈페이지 www.book.co.kr
전화번호 (02)2026-5777   팩스   (02)2026-5747

ISBN   979-11-6836-887-3 03810 (종이책)   979-11-6836-888-0 05810 (전자책)

(주)북랩 성공출판의 파트너
북랩 홈페이지와 패밀리 사이트에서 다양한 출판 솔루션을 만나 보세요!
홈페이지 book.co.kr   •   **블로그** blog.naver.com/essaybook   •   **출판문의** book@book.co.kr

작가 연락처 문의 ▸ ask.book.co.kr
작가 연락처는 개인정보이므로 북랩에서 알려드릴 수 없습니다.

은초 유귀덕
수필집

나는 날마다
새날을 꿈꾼다

북랩

깨달음과 성찰의 기록
비우고 또 비워 내는 삶으로서의 글쓰기

유귀덕 작가의 글은 담백한 기도문 같다. 지나침도 모자람도 없다. 언제나 처음 같은 하루를 살고 싶어 하는 마음이 전해진다. 대상을 바라보는 따뜻한 시선, 사유의 깊이와 삶의 연륜도 느껴진다. 그녀는 누구보다 열심히 또 성실히 올바르게 살아왔다. 글에서 그녀의 인품이 그대로 드러난다.

그럼에도 그녀는 늘 비워 내고 싶어 한다. 비우고 또 비워 내는 삶이 바로 그녀의 글쓰기다. 그녀는 그녀가 살아 낸 삶 속에서 끊임없이 느끼고 성찰한다. 그 생각과 마음의 경지가 놀라울 정도다. 나는 그녀가 켜켜이 쌓아 놓은 문장들을 읽으며 그녀의 지나온 삶과 수많은 생각들로 빠져들었다.

책으로 출간되기 전 유귀덕 작가가 쓴 33편의 에세이를 먼저 읽은 건 내게 큰 행운이다. 그녀의 겸손한 태도와 군더더기 없이 맑은 글은 어딘가 닮아 있다. 그녀의 글이 이토록 겸손하고 맑은 이유는 아마도 그 기저에 사랑이 깔려 있기 때문일 것이다. 작가는 작가 자신과 가족뿐 아니라 성실히 살아가는 과일 가게 점원, 청소하는 아주머니, 여행지에서 만난 사람들, 생명이 없는 책상과 의자, 매해 달라지는 달력조차도 그녀는 관심을 갖고 소통하려 애쓴다. 대상에게서 소중한 가치를 발견하고 스스로를 성찰한다. 기저에 사랑이 없다면 가능하지 않은 사색이다.

뒤늦게 발 디뎠지만 열심과 성실함으로 이뤄 낸 등단이라는 열매를 맺고 또 소중한 이야기들을 한데 엮어 첫 책을 출간하

나는 날마다 새날을 꿈꾼다

게 되기까지 얼마나 많은 깨달음과 성찰의 시간이 있었겠는가! 그녀의 글을 읽다 보면 어느새 그녀가 소중하게 여기는 건 무엇인지, 어떤 가치를 추구하며 살아가는지 마주하게 될 것이다. 그녀가 살아온 정직하고도 성실한 하루하루가 그려질 것이다. 그리고 독자들 역시 그녀의 생각에 깊이 공감할 것이다. 마음 역시 따스해지는 경험을 할 것이다.

인생이라는 장거리 레이스를 쉼 없이 달려왔음에도 은퇴 후 또 다른 시작을 꿈꾸며 글쓰기를 멈추지 않는 그녀의 도전과 용기에 박수를 보낸다. 두려움과 떨림으로 한 발 한 발 나아갔던 어제, 어제와는 또 다른 새로운 오늘. 그녀의 이야기는 날마다 새로운 처음이다. 무심히 흘러가는 세월 앞에서 떠올린 숱한 후회와 다짐들이 여기, 아름답고 담백한 문장들이 되어 책이 되었다.

생각은 있으나 아직 망설이며 실천하지 못하는 분들, 그리고 속절없이 지나온 세월을 함께 공감하고 싶은 분들이라면 누구나 유귀덕 작가의 글을 통해 희망을 꽃피우길 바란다. 비워 내고 또 비워 내는 삶 속에서 맑고 투명하게 피어난 오늘의 소중함을 함께 느껴보자. 누구나, 여전히 늦지 않았다. 2023년 봄날 어여쁘게 피어난 유귀덕 작가의 첫 책 출간을 축하하며 앞으로의 글쓰기 또한 믿고 또 응원한다.

2023년 4월

소설가 양정규

열심히 앞만 보고 달려왔다. 33년 공직을 마무리하며 앞으로의 새로운 인생을 어떻게 살아야 할까 노심초사 고민을 많이 했다. 퇴직이 눈앞의 현실로 점점 다가오자 노파심도 비례해 갔다.

바쁘게 나부대던 일상의 궤도를 수정해야 할 시점의 퇴직, 몇 개월은 지친 심신을 달래 주듯 몸과 마음이 허락하는 대로 동선 따라 발길을 움직였다. 규칙적인 생활이 아닌 얽매임이 없는 자유를 만끽하면서 보냈다. 국내 여행, 친척 집 방문, 친구들과 여행, 종교 활동 등으로 보냈으니까.

한동안 주욱 이어 가다, 이런 생활의 한계에 봉착할 즈음 동네 도서관에서 글쓰기 교실 수강생 모집하는 것을 보았다. 학창 시절 백일장 대회를 의무적으로 참여했던 기억뿐, 글과 무관하게 살아왔다. 자신감이 없어 망설였지만 한편으론 도전해 보고 싶은 마음이 꿈틀거렸다.

이것은 어떤 매력이 있을까. 주변에서 자서전을 쓴다며 배움의 길을 찾아 열심히 사는 사람들을 만나면서 내 호기심도 억누를 수 없었다.

그렇게 시작한 글쓰기 도전, 어린아이가 처음 내딛는 걸음마처럼 뒤뚱뒤뚱 넘어지고 일어서고를 반복하듯이 나 또한 호기심 어린 심정으로 언어를 기웃거리며 성장통을 겪고 있다.

고달프고 힘든 시간이기도 하지만 날이 갈수록 글쓰기는 의미를 부여하며 매력으로 다가왔다. 내가 미처 성찰하지 못한 무의식 속에 잠재되어 있던 이야기들이 떠오르면서 또 다른 나를 발견하며 알아 가고 있었기에.

퇴직으로 일상이 느슨해지자 마음도 해이해 가던 중, 글의 끄나풀을 붙잡으니 정신이 집중되었다. 현재의 나를 객관적으로 비춰 볼 수 있는 현주소의 거울, 신세계라도 발견한 것 같았고 삶을 바라보는 사유의 시각이 확장되어 가고 있었다. 마치 나침반이 명확한 방향을 가리키듯, 앞날에 대한 초조함과 걱정을 글로 풀어 놓으니 막연했던 삶의 방향이 구체적으로 드러나 보였다. 시간이 지날수록 정신건강에 많은 도움이 된다는 걸 알게 되면서 더 열심히 쓰고 있었다.

그러던 중 글 쓴 결과물이 차곡차곡 쌓이면서 한 권의 책을 엮고 싶었다. 늦깎이로 출발하면서 희망을 담고 뜻을 펼쳤던 일, 수시로 성찰하며 나를 바라보고 위로하며 토닥토닥 다독이던 시간, 지난 세월 거울 삼아 앞으로의 여정을 떠올리며 조심스레 꾸며 보았다.

'나는 날마다 새날을 꿈꾼다' 이 책을 펴내면서 어느 누군가 한 사람에게라도 밝은 희망을 전달할 수 있었으면 하는 바람이 크다. 내가 미처 몰랐기에 후회하면서 아쉬워하던 것을, 많은 세월이 지난 후에야 알게 된 경험들을 기록했으니까.

부족한 글, 외람된 생각이 앞서지만 장삼이사(張三李四)로 살면서 체득한 그대로의 풍경을 가감 없이 노출했다. 앞으로도 꾸준히 글을 쓰면서 삶을 성찰하고 사유하며 주위 사람들에게 익어 가는 사람으로 살고 싶다.

그동안 묵묵히 곁에서 응원해 준 남편과 가족에게 고마움 전하며 꿈꿀 수 있도록 도와준 나의 모든 사람들에게 감사드린다.

2023년 70번째 봄을 맞이하며
은초 유귀덕

나는 날마다 새날을 꿈꾼다

은초 유귀덕
수필집

차례

1장

세월의 상념

내게 보내는 엽서

얼마 만인가. 나를 향해 쓰는 편지. 수십 년 살아오면서 한 번도 진지하게 독백하며 나에게 쓴 편지는 없었다. 처음 시도하니 두근거리고 약간의 흥분까지 인다. 기분이 묘하다. 부쩍 성숙해 가는 철부지 청년처럼. 내 마음을 들여다보며 쓰는 일은 상상만으로도 특별한 연서가 될 것 같다. 오롯이 누릴 수 있는 호사 체험으로 기대감과 자존감이 한 뼘이나 커질 듯 마음이 달떠 오르기에. 나에게 하고픈 말이나 주문이 이렇게 많을 줄이야. 몰랐다.

언제 이런 마음 낸 적 있던가. 특별한 요즘은 송년과 신년이란 터널을 지나면서 감회에 젖었다. 마지막 그믐날과 새해 초하루란 단어의 어감이 미묘하게 교차하면서 차분하게 나를 찾고 싶었다. 똑같은 해와 달이 뜨고 지건만 이때쯤 우주는 다른 시간으로 운행하듯 느껴졌다. 마음이 경건해지며 부질없던

나는 날마다 새날을 꿈꾼다

생각들도 이 시기만큼은 겸손하게 보내야 한다고 자숙하는 또 다른 나(我)를 보았다. 외부로 향하며 들뜨기 쉬운 마음들이 어느새 내 안으로 들어왔다. 해서 연말연시를 차분하게 보내며 한 장의 엽서라도 쓰고 싶었다. 음전한 내가 되고 싶어서일까.

세월은 그저 흘러가는 것이 아닌 것 같다. 산전수전 고비도 많이 넘긴 중년을 지나면서 조금씩 또렷하게 삶의 길이 보였다. 젊은 날 느끼지 못한 감회들이 시간의 길이만큼 연륜으로 채워 가고 있었으니까. 중년은 제2 인생의 황금기라고 회자되고 있다. 이제야 그 본말을 나도 조금은 알 수 있을 듯하다. 자식들이 모두 각자의 길로 떠났고 빈 둥지로 남아 허전함을 낡은 옷처럼 일상으로 걸치고 있다. 지금이야말로 여유롭다. 멀리 펼쳐진 광활한 대지가 나를 오라 손짓하며 인생의 석양빛이 아득한 동경 세계로 비춰 주고 있듯. 이제 그곳에 나를 실어 푸른 엽서를 띄워 보내야겠다. 깨알 같은 글씨로 펼쳐 나갈 꿈을 나열하면서. 생각만으로도 멋지고 낭만이 넘쳐온다. 사춘기 소녀로 다시 돌아가듯 감성이 물밀듯 차올라 울렁댔다. 이토록 삶의 이벤트는 나를 찾아가는 여정 위의 소실점이 아닐까.

나에게 엽서를 쓰는 순간 희망이 솟아올랐다. 내 안을 들여다보며 묻고 답하는 모습이 흐뭇했고 대견스러웠다. 언제 이런 호사스런 생각 한번 했던가. 이번 시도를 통해 새롭게 나를 인지하게 되었으니. 그동안 스스로를 위한 삶은 없었고 인색했음을 알았다. 언제나 차 순위로 물러나 있었고 내 존재를 스스로 위축시키며 살았던 나를 보았다. 편지를 쓰면서 이것은 새로운 나를 만나서 자신에게 주는 최고의 선물임을 확인했다. 진정 성찰하는 시간이 되었으므로.

며칠 전 지인은 자신을 위한 선물로 제주도 한 달 살기에 나섰다. 그의 꿈을 실행하기에 더 이상 머뭇거릴 수 없다는 말과 함께. 누구나 생각은 하지만 실천하기는 어려운 것을 그는 시도했다. 나도 유사한 생각으로 숱한 시간을 보내기도 했지만, 아직도 못 한 것이 많다. 생각과 실천은 천양지간이다. 삶의 결실들은 생각 아닌 실천으로 나타난 결과물임을 어쩌랴. 친구가 행동으로 가르쳐 준 본보기는 나를 되돌아보며 반성하는 기회가 되었고 생각 아닌 실천만이 삶의 알곡으로 채워진다는 것을 교훈으로 얻었다.

엽서에 꿈을 적어 보았다. 실현 가능한 것이 뭘까. 글쓰기, 취미 생활, 운동이 먼저 떠올랐다. 내 몸과 마음을 살찌게 해 주는 우선순위였다. 엽서의 앞면에 나열했다. 어떤 화려한 머리말 안부보다도. 현실적으로 당면한 나의 과제들이 아닌가. 실천해야 할 일들을 빨간 글씨로 또박또박 적었다. 어느 해보다 뜻깊은 임인년을 살아야겠다고 다짐했다. 계획한 글씨들 틈으로 한줄기 밝은 빛이 살포시 내려와 앉았다. 마치 꿈꾸는 자를 응원이라도 해 주려는 듯.

기억 저편으로 묻힌 아픔도 불쑥 다가왔다. 내 삶을 원망하며 살다가 극한 상황을 체험했던 일. 당시는 몰랐는데 그것이 큰 후유증을 남겨 주었다. 난청으로 힘들어하는 요즘, 그때를 생각하면 부정적인 생각이 백해무익이란 걸 뒤늦게 알았다. 내 설움에 갇혀 스스로를 자책하며 안달 내고 살았으니까. 지난날 회상하며 어리석은 행동을 참회는 심정이다. 이것도 엽서에 써서 먼 하늘로 날려 보내야겠다. 어느덧 마음이 안온해져 온다. 내게 보내는 엽서가 나를 위로하다니. 미처 몰랐던 뜻밖의 길에 놀라웠고 너무나 소중한 체험이 감사하다. 역시 글은 나를 만나는 첩경이다. 내면의 거울 보기처럼 진실한 고백을 통해 나를 치유해 가는 글쓰기 여정은 아름다운 삶의 방편이란 걸 알게 했으니까.

엽서를 쓰면서 그동안 오락가락했던 마음도 떠올랐다. 여기저기 휩쓸려 무게 중심을 잃고 방황했던 시간들. 담백하게 살지도 못했고 항상 주변에 부화뇌동하며 살던 나였다. 줏대도 없이 마음 근육이 부족하여 주변 사소한 일에도 상처받고 살았으니까. 사실 자체를 인정하지 못했고 내 사고대로 유추하다가 스스로 마음의 상처를 받고 있던 나.

이젠 단순하게 정돈을 해야겠다. 편지보다는 엽서를 쓰듯이. 내가 써야 할 엽서 목록은 아득했지만, 천천히 한 번에 하나씩 보폭대로 속도를 조절하면서 단순화시켜 써야겠다. 구체화시켜 나를 바라볼 수 있는 엽서, 내 삶의 단면들을 기술하다 보니, 어느새 그는 조용히 내 숨결 따라 나를 위로하며 삶을 함축시켜 바라보라며 다독여 주듯 했다. 사족처럼 복잡했던 것을 줄였더니, 허전한 마음에 평화가 가득 차오르지 않는가.

지금은 연륜이 쌓인 만큼 달뜨거나 방황하기보다 성숙한 시간을 보내고 있다. 긴 문장도 짧은 단문으로 바꾸고, 매년 나에게 엽서 한 장씩 띄우며 한 해를 살아야겠다고 다짐해 봤다. 오롯이 나와 만날 수 있을 테니. 어떤 삶을 살더라도 긍정적으로 나를 바라보면서 남은 날들을 더 알차게 차곡차곡 채워 가야겠다. 훗날 그 엽서는 이정표처럼 내 인생을 찬란하게 비춰 줄 테니까.

새로운 시도

동네 단골 미장원에 갔다. 문을 여니 공기 속으로 낯익은 냄새가 훅 풍겨 왔다. 싫지 않고 정겹기까지 했다. 후각이 발동되어 주변을 두리번거리며 소파에 앉아 순서를 기다렸다. 간단한 살림을 병행하는지, 얇은 커튼 사이로 올망졸망 잡동사니들이 빼꼼히 보였고 네모진 메주 덩어리가 유독 눈에 띄었다. 친정집 시렁에 주렁주렁 매달려 있던 모습이 떠올라 놀랍고 반가웠다. 순간 고향 집에 온 듯했으니까.

궁금해 물으니, 시골에서 알맞게 띄운 것이라고 했다. 일차복잡한 공정 과정을 거쳤으니 나머지 된장 만드는 과정은 손쉽게 할 수 있다고 덧붙이면서. 어릴 때 콩 농사짓던 때가 생각났다. 수확할 때 도리깨로 두드리며 타작했던 일과 그것을 삶아 메주를 만들기까지의 번거로움이 떠올랐다. 지금처럼 편리한 기구들이 없던 시절이어서 삶은 콩은 큰 소쿠리에 담아

안방 아랫목 제일 따뜻한 곳에 두었다. 애지중지하는 보물단지처럼 담요로 뒤집어씌워 놓은 모습이 신기해서 호기심 가득 바라보곤 했다. 어른들은 복잡한 일을 어떻게 쉽게 잘할까. 과정을 고스란히 지켜본 나는 궁금증 많은 아이였다. 먹거리 만드는 마법 주머니라도 차고 사는 것처럼 느꼈으니까. 미장원 메주를 보며 나의 유년 시절 콩들이 속살거리듯 추억들도 함께 굴러갔다. 순전한 마음으로 기억되어서일까. 내 몸속에 따뜻한 혈류가 흐르듯 안온함을 느꼈다.

추억 삼매경에 빠졌을 때 원장님은 이참에 한 번 해 보라고 권유했다. 좋은 메주이며 어렵지도 않다고. 과연 그럴까. 반신반의했지만 선뜻 용기가 나지 않았다. 그녀는 평소에도 나에게 쉽게 요리하는 방법을 전해 주기도 했었다. 몇 번 따라서 시도해 볼 때마다 제법 그럴듯하게 만들었으니까. 하지만 이번만큼은 단순한 요리 차원을 벗어나 비중 있는 일처럼 생각되었다. 실수에 대한 두려움이 먼저 엄습해 왔다. 내 성격의 일면이 슬그머니 정체를 드러내며 발목을 붙잡고 있었다. 시도하지 않고 겁부터 내는 소심함이 앞서왔으니. 한참을 갈등하다가 일단 시도해 보자고 용기를 냈다. '누구는 뱃속에서부터 알고 태어났을까. 부딪치면서 배우는 거야. 이번 기회가 나의 시험 무대가 될 것이다'라고 스스로 주문을 걸으면서.

지금이 마침 매주 담그는 적기란다. 초등학생 한글 깨치듯 천천히 수첩에 또박또박 적었다. 그대로 해야겠다고 굳게 다짐하면서. 굵은 소금, 물 20리터, 마른 고추, 숯이 부재료였다. 생수에 준비한 부재료를 넣고 휘저었다. 이때 소금물 농도 맞추는 것이 핵심이었다. 알맞은 농도란, 날계란을 물에 넣으면 동동 뜨는데, 떠오르는 표면이 오백 원짜리 동전 크기의 둘레여야 한다고 강조했다. 농도 확인 후, 망사 망을 항아리 주둥이에 씌우는 것으로 마무리했다. 자주 볕을 쬐어 주라는 당부도 잊지 않았다.

정확히 40일 후에 열어 보았다. 과연 제대로 되었을까. 가슴이 콩닥거렸다. 들여다보니 말간 물은 어두운 갈색빛을 띤 간장으로 변했고 맛 간장처럼 맛있었다. 벅찬 감격에 흥분되었다. 마치 힘든 고지를 하나 넘은 듯. 공기와 햇빛, 바람과 시간이 빚어 준 근사한 작품 같았다. 자연의 축복으로 맛있게 발효되었으니 경건한 마음이 되어 감사가 저절로 나왔다. 신비로움에 절로 숙연해지기도 했다. 용기 내어 하길 잘했구나, 라는 생각도 들었다. 화학적인 변화를 처음 실감한 나는 그저 기적 같기만 했다. 다음엔 어떤 모험도 할 수 있을 듯 자신감도 생겼다. 조심스레 소독된 맑은 유리병에 간장을 퍼 담고 나니 단단하던 메주의 원형은 온데간데없이 질척한 액체 덩어리로 순하게 되었다. 자신을 무장 해제 하고 함께 어우러진 그가 대견했다. 스스로 희생하며 조용히 변신한 모습에 내 마음도 숭고해졌으니까.

간장을 거른 후 재래식 생된장을 첨가하여 저들끼리 어우러지도록 버무렸다. 혼자서는 살 수 없나 보다. 뭐든 알게 모르게 어울려 살아야 함을 상기하면서 오랫동안 주물렀다. 색깔도 맛도 이젠 제법 된장 형태를 갖추어 가고 있었다. 바라볼수록 감동적이었다. 내가 해내다니. 언감생심이었는데. 시간이 흘러 익어 가는 모습을 상상하니 행복을 가불한 듯 기뻤다. 항아리에 버무린 된장들을 가지런히 퍼 담으며 위에 소금을 얹고 주둥이는 창호지로 밀봉했다. 여름엔 자칫 벌레가 생기기 쉬워 소금으로 덮어야 한단다. 옥상 위 볕이 잘 드는 곳으로 상전 대우를 하며 앉혔다. 수시로 항아리 뚜껑을 여닫으며 창호지 틈새로 배어 나오는 냄새를 킁킁거리며 맡아 보았다. 잘 익어 가는지 냄새가 좋았다. 이것이 내 손을 거친 된장이라니 믿기지 않았다. 꼭 꿈에서나 있을 법한 일로 여겨졌기에.

늦가을이 지난 어느 날 봉인된 항아리를 조심스레 열었다.

나는 날마다 새날을 꿈꾼다

된장 표면에는 누런 곰팡이처럼 생긴 보호막들이 들러붙어 있었다. 조심스레 옆으로 비켜 들춰내니 누런 황금빛 된장이 '나 여기 있어요' 하는 것처럼 보였다. 어찌나 반갑던지, 맛도 좋았다. 그런데 여느 된장처럼 나근나근하지 않고 뻑뻑했다. 된장은 야들야들 부드러워야 하는데 이유가 뭘까 궁금해졌다.

단골집에 갔다. 마침 머리도 봉발이었다. 경위를 말하니 부드럽게 완숙시키는 과정을 조근조근 말해 주었다. 재래식 생된장, 늘보리. 소금 부재료를 준비하라면서. 늘보리는 최대한 되직하게 쑤라고 했다. 요즘이 버무려서 익히는 데 적절한 시기라고 강조했다. 번갯불에 콩 튀듯 재료를 준비하며 서둘러 귀가했다. 쇠뿔도 단김에 빼라고 했잖은가. 내 미루는 습관이 시기를 놓쳐 버릴지도 모른다는 일말의 불안감도 작용했다. 바로 늘보리를 삶기 시작했다. 일단 시도하면 계획했던 일들은 자연히 해결할 수 있을 테니까.

뻑뻑한 된장을 다른 그릇에 옮기고 항아리를 소독했다. 삶아 놓은 늘보리와 같이 치대니 환상적인 조합을 이루듯 감촉이 매끄러웠다. 집안은 구수한 냄새로 진동했다. 된장 만드는 과정이 매력적으로 느껴지면서 조상들의 음식 문화에 대한 전통을 떠올려 보았다. 아름다운 풍습을 유지하는 것, 특히 그것이 건강과 직결될 때엔 더없이 값진 것 아닐까.

한참을 치댔다. 치댈수록 곱고 보드랍게 어우러지는 저들. 그 모습이 마치 내 삶의 축소판을 보는 것 같았다. 남편과 퇴직 후 한동안 날을 세워 살았다. 알량한 자존심을 내세우며 단단한 메주와 까칠한 통보리처럼 무장하고 살았으니까. 세월이 약이었는지 이젠 기싸움 하던 원형은 녹아내렸다. 콩이 시간 따라 변신을 거듭하며 된장으로 숙성하듯, 신산한 세월 속에 우리 부부도 발효 시간을 버티며 성숙했는지 지금은 제 목소리로 날을 세우기보다는 대신 어우러지며 노력하고 있었다.

처음 된장 담그는 걸 접하며 어느 때보다 진지했다. 어렵다고 여겼던 된장을 시도하면서 내 삶의 지혜를 경험한 시간이 되었기에. 생소한 일이어서 불안감도 있었지만, 힘든 일을 접하면 우선 자포자기부터 하는 잘못된 습관의 나를 고치는 계기가 되었다.

하늘 아래 새것은 없다고 했다. 누구라도 시도하면 길은 열린다는 말일 것이다. 이젠 어떤 삶이 내 앞에 펼쳐질지라도 포기하지 않고 의젓하게 행동할 수 있을 것 같았다. 된장은 지금 제 모습 그대로 항아리 안에서 숙성해 가고 있겠지.

　　　　　　　　　　　　　나는 날마다 새날을 꿈꾼다

선물 풍경

선물이란 가슴을 설레게 한다. 여행을 계획하며 기다리는 것 처럼. 생각만으로도 네잎클로버의 행운을 찾은 것만큼 벅찬 감동이 일어나니까. 하릴없이 하루를 보낼 때면 선물 단어를 떠올린다. 스쳐 가는 번개처럼 머리에 각성제라도 불어넣어 주는지. 내 안에 잠재된 에너지가 폭발해 오며 기운이 솟기에. 그 것은 신비한 결정체로 요술이라도 지녔는가.

언제 들어도 기분 좋은 말. 그것은 온갖 즐거움을 연상시키 며 호기심 어린 비밀을 품고 있다. 누군가를 향한 정성이 깃든 선물을 주고받는 행위란 얼마나 고귀한 일인가. 가끔 선물할 때 나는 생각에 집중한다. 받는 사람을 떠올리며 나의 모든 감 각을 동원하여 그의 취향과 성향은 뭘까, 필요로 하는 것은. 온갖 추측의 나래를 펼치며 그동안 서로의 돈독한 관계를 떠 올리는 시간이 된다. 이 시간은 도리어 나에게 관계 행복을 가져다주고 내 마음은 자긍심이 일면서 뿌듯하고 충만하다. 받는 것보다 주는 기쁨이 크다는 걸 절감하니 그 놀라운 비밀은 축복이 아닐까.

지금까지 주고받았던 선물들을 떠올려 보았다. 특별하게 기억에 남는 것은 뭐가 있을까. 선뜻 자신 있는 대답이 떠오르지 않았다. 이유가 뭐지. 곰곰이 생각해 보니 그것의 특성은 한계를 지니고 있는 것 같았다. 처음엔 애지중지하며 아끼고 귀하게 다루지만 시간이 가면서 심리적인 유효 기간이 다하는지 매력이 감소해 간다는 걸 알았다. 그래서 심리학자들은 강조했나 보다. 물건으로 주고받는 선물의 약효는 한계가 있으니 그것보다는 오래 지속할 수 있는 경험을 공유하라고. 시간이 지날수록 그것은 서로의 추억으로 아름다움을 창출하면서 우리 삶을 더 풍요롭게 가꾸어 준다고.

그 말에 동의하면서 나의 인식이 바뀔 즈음 내 생일을 맞았다. 가족들은 여느 해처럼 똑같은 질문으로 뭣을 원하는지 물었다. 나는 요즘 생각했던 선물의 의미를 소신껏 피력하며 주문했다. '직접 쓴 손 편지로 평소 나에게 하고 싶은 이야기를 적어 달라고' 함께했던 추억과 정서를 향유하면서 의미를 새기고 싶어서였다. 처음 시도하는 일이어서 쑥스럽기도 했지만 이 또한 살아가면서 해야 할 삶의 훈련으로 받아들였다. 더 늦기 전에 작은 일상의 삶을 놓치지 않고 가꾸려는 방편으로 여기면서.

다행히 초등학교 2학년 손주는 시키지도 않은 일을 해서 나를 깜짝 놀라게 할 때가 있다. 가끔 쪽지 편지를 써 주기도, 나와 함께한 시간을 그림일기로 작성해서 건네주는 것 아닌가. 가족들도 이 모습에 더욱 공감을 해서인지 자필로 쓴 편지를 선물했다. 글씨 속에 사랑이 뚝뚝 묻어나는 듯 정성 담긴 글을 천천히 읽어 가노라면 마음이 벅차오르면서 기분이 좋고 때론 울컥하기도 한다. '이 감동 여운을 오랫동안 어떻게 간직하지', 고심 끝에 실천을 하리라 다짐하면서.

받은 글을 벽에 붙여 놓았다. 저마다 글씨 속에 개성이 도드라져 바라만 봐도 함께하는 것처럼 정분이 수시로 일었고 그들이 보고 싶을 때나 감정이 파도처럼 넘실거릴 때 오도카니 서서 글을 보면 글씨의 결 따라 상대방이 고스란히 투영되어 만나는 것 같았다. 그러면 곁에서 방금이라도 까르르 웃으며 기쁨을 보낸 듯 기운이 솟는다. 마치 원하는 선물을 배달받은 듯. 날이 갈수록 글이 벽에 빼곡하게 채워지길 은근히 소망까지 한다. 숱한 사연들이 알알이 쌓여 가면, 내가 원하는 삶의 여정을 꿈꿀 수 있을 테니까.

　가끔 식구들이 모일 때, 이젠 모두의 눈길이 저절로 벽을 향했다. 다른 가족들의 글을 뚫어지게 바라보며 고개를 끄덕이기도, 자신의 것을 읽으며 겸연쩍어 하기도, 가지각색의 즐거운 얼굴 표정이다. 마치 현재 시간을 통과하면서 옛 시간이 준 선물을 만끽하는 추억의 장으로 음미하듯. 나는 그들의 호기심 어린 눈으로 바라보는 것을 곁에서 은근히 즐긴다. 그러니 벽에 붙은 글들은 단순한 선물 차원을 떠나 가족을 단단하게 엮어 주는 사랑의 다리 역할같이 느껴진다. 회억의 징검다리처럼, 어려운 일 만나도 승화시킬 수 있을 것처럼.

　며칠 전 결혼기념일을 맞았다. 의미 있는 그 날을 기억하자고 우리 부부는 중지를 모으다가 서로의 장단점을 적어 교환하기로 합의하고 실천했다. 교환해서 읽어 보니 생각이 대동소이함을 알았고 단지 상대방의 약점을 건드리지 않으려고 서로 애쓴 점이 도드라졌다. 장단점을 솔직하게 드러냈기에 낯부끄럽기도 했지만 이것 역시 벽면에 붙였다. 자식들은 눈에 쌍불을 켜고 자세히 읽어 간다. 이런 진풍경은 처음이었으니. 그들도 알게 모르게 부모의 살아가는 방법을 배울 것이다. 이런 선물 풍경 또한 가족의 구심점으로 작용하지 않을까.

이제는 선물 의미를 다른 시각으로 받아들인다. 내 책상을 둘러싼 공간과 벽에 붙은 글들이 내 정서를 읽어 주는 한 페이지로 남으면서. 그것들은 시시때때로 내게 다가오며 말을 건네고 있다. 삶이 누추하고 쓸쓸할 때 슬퍼하거나 외로워하지 말라고. 그대에게 기꺼이 한 선물이 되어 주며 함께한다고. 나는 흐뭇한 표정으로 그들을 지그시 바라보며 수시로 귀를 기울인다.

시월 안부

아침에 창문을 여니 세포에 닿는 촉감이 다르다. 알싸한 공기가 본격적인 가을이라고 알려 주는 것 같다.

가끔 마음속으로 나이를 셈하는 버릇이 생겼다. 지금은 백세 시대라고 하니까 나는 중년 정도에 해당된다. 이젠 120세 시대가 도래한단다. 온갖 상상을 하며 늘어난 시간을 계수해 보았다. 이맘때쯤이면 으레껏 상념에 젖곤 하지만 올해는 더 잦다. 앞으로 살아갈 시절 인연들이 짧아서일까.

해야 할 것들은 많은 것 같은데 막상 자문해 보면 선뜻 말문이 막히고 막막하기만 했다. 무의식으로 사는 내 행동 속에 낯선 나를 발견하면서 깜짝깜짝 놀랐으니까. 어쩌자고 나는 뚜렷한 목표 없이 부질없는 속셈이나 하고 있는가. 아마도 주변과의 관계를 떠올리며 정리해야 할 것들이 많아서일 것이다. 직면한 문제들을 하나하나 꼼꼼히 챙겨야겠다. 무성하게 달린

과일들도 번듯한 열매로써 자신의 존재를 알려주듯 나도 나다운 결실을 내면서 이 계절을 보내야 하리라.

시월은 천고마비(天高馬肥)란 계절의 이름만큼 온 대지는 활력으로 가득 차 있다. 맑고 청명한 푸른 하늘에 유유히 떠가는 흰 구름, 그것은 갓 뽑아 올린 햇솜처럼 보드랍다. 고개 숙인 누런 벼들을 따라 들판 길을 걸으면 불어오는 가을바람은 또 얼마나 상쾌한지, 저절로 콧노래가 나며 마음은 지평선 끝까지 확장되어 자유로운 영혼이 된듯하다. 사방이 가을 찬양 일색으로 황홀하고 찬란함으로 펼쳐 있다. 벅찬 시절을 바라보는 내 마음은 온통 감사뿐이다. 어느 달에 이토록 짜릿한 감흥으로 삶의 축복을 음미하며 진정한 감사를 헤아릴 수 있을까. 시월의 정서들이 나를 행복한 시간으로 이끌어 주니 분명히 시간은 은총 가득한 선물이요, 특권의 시기인 것 같다.

얼마 전 지인의 시골집을 방문했다. 대문에 들어선 순간, 어릴 적 내가 살던 고향 집을 온 듯 착각이 들었다. 나무 울타리며 그것을 타고 넘실거리는 꽃들의 환상적인 조화들이 어쩜 똑 닮았는지. 작은 키에 귀엽고 앙증맞게 올망졸망 빨간 주머니를 차고 있던 꽈리는 타임머신을 탄 듯 과거로 돌아가 옛 생각을 소환해 주었다. 붉은 주머니 속 가득 찬 작은 씨를 조심스럽게 파내면 속이 텅 빈 꽈리가 되어 신나게 불곤 했었으니까. 꽈르르, 꽈르르, 꽈리의 청아한 소리가 당장이라도 입안에서 터져 나올 듯하다. 그 곁에 덩굴 뻗어 올라간 물풍선이 꽈리와 아우처럼 닮아 있어 신기했다. 텃밭에는 목화들이 꽃잎을 활짝 벌리고 하얀 솜을 몽실몽실하게 피우고 있었다. 먹거리가 없던 시절 달짝지근한 어린 목화는 또 얼마나 맛있었는지. 집집마다 목화를 심어 밤이면 메밀꽃처럼 소금 뿌린 듯 장관을 이루지 않았던가. 이것은 딸의 이불 혼숫감으로 필수였기에 딸이 많은 우리 집도 목화를 많이 재배했었다. 시월은 이렇듯 온갖 추억을 불러주면서 아름다움을 상기시켜 주니 향수의 달처럼 생각된다.

학창 시절을 떠올려도 시월은 감성을 충만하게 해 주었고 내 젊음을 약동시켜 주었던 시기였다. 축제가 여기저기서 손짓하고 유혹했으니까. 마냥 들뜨며 친구들과 우르르 몰려다니며 우쭐대던 시절. 커피 한잔 놓고 밤새도록 이야기했고 캠프파이어를 하며 통기타에 맞춰 목청껏 불렀던 노래들. 등산, 미팅, 연애의 낭만을 찾아 전성기처럼 마구 쏘다녔다. 하지만 레퍼토리만 무성했지 제대로 된 히트송 하나 건지지 못하고 우왕좌왕 보낸 것도 이때였다.

나는 날마다 새날을 꿈꾼다

이제야 조금 알 것 같다. 히트곡 하나 없이 여기저기 기웃거리며 덤벙대던 그때를. 지금도 나는 여전히 바쁜 척하고 허둥대며 산다는 걸 알았으니까. 게다가 얼마 전 친구도 나에게 말하지 않던가. '항상 바쁜 것 같은데 무엇 때문이냐고.' 뼈 있는 질문을 해서 순간 깜짝 놀랐다. 친구의 의미심장한 말을 곰곰이 곱씹어 봤다. 다시 한 번 내 삶의 일상들을 돌아보며 냉철하게 내 안을 깊이 들여다봐야 할 시간이 지금이란 걸 알아채면서.

나이가 들어 가면서 몸과 마음을 여유롭게 하고 살아야겠다는 평소 소신을 지키지 않고 살고 있구나. 또다시 느꼈다. 서두르지 않고 달팽이처럼 천천히 느리게 살아야겠다고 다짐했던 결심이 주마등처럼 스쳐 갔다. 특히 나이가 들어 갈수록 그런 삶을 살아야 한다는 것이 중요하다고 누누이 들어오지 않았던가. 평소 주변 사람들을 보면서 공감을 더 했기에 맹세처럼 다짐했던 것인데. 자신의 약속을 헌신짝 버리듯 지키지 못하고 살아가는 나였다. 더 이상 변명은 하지 말아야겠다. 이제는 걸어온 길보다 가야 할 길이 짧은 시간이지 않은가.

지금은 주인 의식으로 주도적인 삶을 살아야 한다. 느리게 그러면서 꾸준히 의미 있고 가치 있는 삶으로. 어느 노교수님 말이 떠오른다. 인생의 황금기가 60-75세라고. 내 나이를 의식하며 하루 생활들을 점검해 보았다. 다져온 성품이 하루아침에 바뀌기는 어렵겠지만 연륜과 경험을 거울삼아 노력해야겠다. 자연의 결실도 비바람 속의 수많은 시련을 뚫고 성장을 했듯 나 또한 그런 마음가짐이 절실한 시기임을 깨달으면서.

오후 산책길을 나섰다. 산과 들의 푸르던 나뭇잎 색깔들이 하루가 다르게 변해 갔고 며칠 전 화려하게 피었던 가을꽃도 속절없이 지고 있었다. 헛눈 팔고 방심하는 사이, 계절은 쏜살같이 지나갈 것이다. 젊은 날의 어물쩍 넘긴 시간처럼. 이제는 교훈 삼아야겠다. 짧은 가을볕의 이야기를 놓치지 않고 내 안으로 승화시키면서 그의 의미를 되새기자고.

곱게 물들어 가는 단풍잎, 시월이라는 시간 위에 서 있는 나. 이 시간만큼은 성숙한 마음이 되도록 영혼을 풍부하게 가꾸어야겠다. 나도 누군가에게 고운 단풍 같은 사람으로 기억되고 싶으니까. 시월이 깊어 가면 바람은 더욱 거세질 것이고 따뜻한 정이 그리워지리라. 코로나로 오랫동안 만나지 못한 친구. 지인들도 찬바람 따라 그리움이 깊어질 것이다.

얼마 전 고향에서 만났던 형제가 불현듯 생각났다. 모처럼 만났지만 우리는 누가 먼저랄 것도 없이 동요를 불렀다. 생각

나는 날마다 새날을 꿈꾼다

지도 못한 돌발 행동이었지만 어느덧 따스한 마음이 되었다. 이렇게 쉽게 마음을 이어 주다니. 동요 자체가 온기를 품고 있음을 새삼 실감했다. 고독하기 쉬운 이때, 카톡으로라도 동요를 공유하면서 계절을 보내는 것도 비법이 될 수 있으리라 생각해 봤다.

지금은 시월의 한가운데를 지나고 있다. 나의 애창곡 '가을이라 가을바람'으로 그리운 사람들에게 시월 안부를 보내야겠다. 동요만큼 마음을 따뜻하게 해 주는 것이 없을 것이다. 나도 가을 동요를 부르면서 많은 위로를 받고 있으니까. 콧노래를 흥얼대며 창문을 열었다. 알싸한 바람 한 줄기가 콧속으로 훅 들어왔다. 어느새 내 마음은 한 마리 새처럼 자유로운 영혼으로 푸른 하늘을 비상하고 있었다.

첫 단추를 끼워야 할 시간

저절로 눈이 떠졌다. 마치 간절하게 기다린 여행자처럼. 해야 할 목표들이 무의식 속에 똬리를 틀다가 불쑥 튀어나온 것 같다. 습관처럼 책상 앞에 앉았다. 일력의 태극 원형 글자 속에 1이라고 쓴 숫자가 적혀 있었다. 온통 붉은색으로 쓰인 걸 보니 눈에 띄는 표적으로 새로운 의미를 강조하는 것 같았다. 한참 동안 태극문양을 바라보았다. 난데없는 애국심이 발동하기라도 한 걸까. 길가 나무 울타리 따라 활짝 폈던 고향의 무궁화길이 스쳐갔고 내 모습도 실루엣처럼 어른댄다. 더불어 새해 첫날의 비장한 마음 다짐도 일면서.

찢는 달력, 어감이 썩 당기지 않은 글귀가 일력 숫자 밑에 큼직하게 쓰여 있다. 차라리 글자가 없었으면 더 낫지 않았을까. 일력은 어차피 하루를 보내면서 자동으로 찢어야 할 텐데. 찢을 때의 기분은 어떨지. 미래를 가불하듯 공상하는 품새가 집착 수준이다. 별의별 추측으로 잔머리를 굴리면서. 하루살이 만큼만 살아야겠다는 마음이 스멀스멀 올라온다. 가끔 그를 비하하며 말하기도 하지만 나는 그를 닮고 싶다. 그가 충분히 살아 내는 하루, 내 하루도 그처럼 최후의 날이라 생각한다면 삶을 섣불리 대하지 않고 의미 있게 보낼 수 있을 테니.

새해 첫날, 핸드폰 알림 소리로 분주하다. 붉은 해가 덩실 떠오르며 계묘년을 축하하고 있으니 어서 해맞이를 감상하라는 울림이다. 기운차게 솟아오르는 모습의 동영상이 장관이다. 안방까지 깊숙이 실시간으로 전달해 주는 해님의 문안 인사는 현장에 직접 가지 못해도 눈앞에서 떠오르는 것처럼 벅찬 감동을 안겨 주어 그저 감사할 뿐이다. 새해를 애써 따뜻하게 나누고 싶은 지인들, 사랑의 손길이 가슴을 포근하게 적신다. 부지런하고 정다운 이웃처럼 나도 살아가는 동안 소소한 행복을 나누며 전하는 사람이 되어야겠다고 다짐해 본다. 매일 뜨는 태양처럼 여일한 마음으로.

새해 벽두, 가족이 '새해를 함께하자'는 명목으로 모였다. 일력에도 신정이라고 표기되어 있듯, 묵은해를 보내고 신정을 맞이하면서 첫출발을 함께하려는 것이 우리 가족의 전통처럼 고수했으니까. 어제와 별반 다를 게 없는 가족 관계이건만 마음이 분주하다. 떡국도 끓이고 세배를 준비하며 개인에게 어울리는 신년 덕담과 세뱃돈도 챙겨야 하니까.

여기저기서 시끌벅적하다. 세배한다고 어린 손주들의 한복을 입히는 부모 손놀림과 더불어 아이들도 모처럼 입으니 신바람이 나는가 보다. 빙빙 돌면서 한복 치마가 빙그르르 돌아가는 것을 재미 삼아 놀이를 했고 책에서 보았는지 저들끼리 손을 맞잡고 강강수월래를 하는 것 아닌가. 층간 소음으로 조심스럽게 살다가 우리 집 단독에 오니 저들 세상인가 보다. 모처럼 사촌끼리 만나서 신났다. 이런 풍경이 먼 훗날 아이들에겐 새해 첫 단추를 끼우는 고운 추억으로 기억되지 않을까. 지난 시절을 내가 그렇게 회억하듯.

그러고 보니 우리 부부가 웃어른이다. 세대가 자리매김하면서 윗사람이란 감투가 저절로 돌아왔지만 도무지 실감 나지 않는 현실이다. 하지만 어쩌랴. 세배받는 동안 만감이 교차하면서 윗사람의 입지를 떠올린다. 나이가 들면 누구나 닥치는 상황 아닌가. 떠밀려 왔다지만 이왕이면 다홍치마라고 큰 강으로 도도히 흐르는 물처럼 의연한 모습을 보여 주고 싶다.

기꺼이 받아들이면서 새해를 맞아 첫 단추를 잘 끼워 가야겠다고 다짐을 해 본다. 지난 연말, 일력으로 새롭게 시작하겠다는 당찬 결심도 했잖은가. 일기 쓰고 하루 마무리하면서 일력 찢으며 성찰하기, 일주일에 책 한 권 읽기, 소홀히 지나쳤던 카톡방 지인들에게 댓글 답장 성의껏 달아 주기, 하루살이 삶을 떠올리며 맞갖은 나의 하루를 불태웠는지 대입해 보기가 버킷리스트다. 노력하다 보면 시간은 차곡차곡 퇴적물처럼 흔적을 쌓으며 보람찬 선물을 안겨 주리라.

여명의 시간. 찬란하게 떠오를 해가 희망을 낳는 동틀 녘, 밝은 햇살은 푸른 바다를 건너고 산을 넘어 눈부신 황금빛으로 우리 곁에 선물로 다가오고 있다. 내 마음도 풍선처럼 두둥실 창공을 향해 날개를 활짝 펼친다. 이제 옷깃을 여미면서 한해의 첫 단추를 끼워야 할 시간이다. 차분하며 담담하게 주어진 길을 걸어야겠다. 염원하는 고지의 꿈을 품고서.

2장

생활의 기쁨

나를 찾아가는 여정

천상천하유아독존이란 말이 생각났다. 개인의 존재는 내가 없으면 무용지물이니 그 존재감은 얼마나 숭고한가! 살아 있는 생명은 유기체들의 총아다. 그중, 작은 미물에 불과한 나를 떠올리면 한없이 작아졌다가 우주의 질서 따라 태어난 나를 의식하면 유아독존이란 말은 어마어마한 무게로 다가온다. 그러니 한 생명이란 더없이 귀중하고, 그 개체들이 서로 공존하며 살아간다는 것은 얼마나 특별한 일일까.

그래서인지 인연이란 말을 좋아하고 자주 떠올린다. 모음으로 발음되는 단어의 어감이 혀를 스치며 부드럽게 목구멍을 타고 내려가 포근히 가슴에 안착하는 느낌이다. 주변 모든 것들과 만남들, 수많은 세월, 내가 나라고 명명하며 살아왔던 실존의 시간들. 그것은 우주의 신비로 피어난 소중한 인연의 합작품일 것이다. 한 송이 꽃을 피우기 위해서도 대지, 물, 바람,

나는 날마다 새날을 꿈꾼다

햇빛 등 우주의 도움으로 새 생명을 키워 내는 것 아닌가. 뭇 살아 있는 존재들과 나와의 만남이 우주의 섭리처럼 각별하게 느껴져 내가 살아가는 세상이 아름답고 한없이 고마울 따름이 다. 함께한다는 것은 큰 축복 중 축복이다.

요즘 다문화 가정들을 주변에서 많이 보고 만난다. 그들을 볼 때마다 나를 둘러싼 환경이 저절로 머리에 스친다. 수십억 지구촌 식구들 중 한국에서 태어났고, 황인종으로, 누군가의 부모에 의해서, 지금까지 살아왔던 나의 뿌리가 떠오르면서. 저마다 인연 따라 규정되어진 삶을 살아가는 세상, 각양각색대 로 구성원 틀을 형성해 가고 있구나. 마치 수십억 유전 인자가 제각각 타고난 운명을 숙명으로 당연히 받아들이듯. 하늘이 계획해서 점지해 준 걸까. 가끔씩 모래알보다 작은 나를 떠올 리며 공상에 잠겨 본다. 조건 따라 살아가는 사람들 모습 속에 아등바등대는 내 모습이 있었다. 마치 작은 나비 한 마리의 날 갯짓처럼.

산골에서 농부의 딸로 태어났다. 한동안은 오지에서 태어난 것을 못마땅하게 여겨 '하필이면'을 곱씹으면서 원망하듯 보냈 다. 번듯한 건물 하나 없이 낡은 초가지붕만 드문드문 있었고 사방은 온통 산과 평야가 끝없이 펼쳐져 있었으니까. 매일 만나는 것이 이러다 보니 지겹기까지 했다. 다른 세상이 그리웠고 저 너머에는 아지랑이 꿈틀대듯 뭔가 손에 잡힐 것만 같았다. 기회가 되면 무지개 꿈을 찾아 어서 탈출하고 싶었다. 그저 물리적인 시간만 흘러가고 있었으니. 어떻게 하면 다른 삶을 살 수 있을지 한 생각만 집착하며 살았다. 새로운 세상을 동경하면서.

간절한 바람이 닿아서일까. 드디어 어린 시절 보냈던 고향을 등지고 서울로 왔다. 낯선 곳, 이질적인 문화에서 받은 충격으로 한동안 당황했다. 사람들도 나와는 다른 차원으로 느껴졌고, 우선 외양만 봐도 내 차림새는 촌뜨기처럼 어색했다. 또 저들의 말씨는 어찌나 세련되어 보이던지. 도둑이 제 발 저리듯 스스로 위축되었다. 혼자서 짓고 부수는 생각으로 한동안 살았다. 마음이 잔뜩 움츠러들어서인지 몸 적응도 쉽지 않았다. 환경이 사고 지배에 지대한 영향을 미친다는 것을 한참 후에야 깨달았고 세월 따라 서서히 적응해 갔다. 이 또한 내 존재를 살피면서 나를 찾아가는 여정이었다. 보는 만큼 아는 만큼 성장하고 성숙해 가는 과정으로.

이즈음 직장과 결혼으로 내 삶의 전환기가 시작되었다. 단순하게 살아왔던 시골 정서에서 벗어나 도시 물결에 서서히 동화

되어 갔으니까. 모든 것은 시간이 말해 주는 걸까. 삶은 거센 물살처럼 빠르게 흘러갔다. 나를 들여다볼 여유 없이 자식을 키우며 직장 다니느라 바둥대며 안간힘을 다해 살고 있었다. 그래서인지 몸이 서서히 지쳐 가면서 마음도 허전했고, 공허감이 엄습했다. 틈만 나면 나를 의식하기 시작했으니까. 이것이 내가 바라던 삶이었는가. 반복된 일상으로 보내는 하루 시간에 의심을 품으면서. 다람쥐 쳇바퀴 돌듯 크로노스 시간으로 흘러가는 것이 아닌가. 시골에서 탈피할 때처럼 스멀스멀 변신을 하고 싶었다. 새가 알을 깨고 새로운 세상으로 나아가듯.

그동안 물리적으로 보냈던 세월들을 떠올려 보았다. 나는 누구인가. 지금껏 무엇을 위해 매진해 왔는가. 이젠 자식들도 보금자리를 찾아 떠나 빈 둥지가 되었다. 이제야말로 진정 나를 찾는 값진 시간으로 보내야 한다. 그동안 무수한 시행착오의 경험들을 값진 교훈으로 여기면서. 살아온 날들보다 살아갈 시간도 짧지 않은가. 유아독존의 진정한 모습을 내 삶으로 끌어들여 대입해 보았다. 유한한 인생을 그려 보며.

어느 날 내 행동을 지켜보다가 깜짝 놀랐다. 변덕쟁이가 나란 걸 알았으니까. 그토록 싫어하고 다시는 돌아가지 않을 시골을 그리워하고 있지 않은가. 나이 들어서일까. 하기야 수구

지심(首丘之心)으로 여우도 죽을 땐 고향을 바라보고 그리워한다는데 나도 모르게 언젠가부터 서서히 향수가 발동되어 고향을 찾아가고 있었다. 초가지붕이 슬라브 지붕으로 바뀌었고 마을 길과 고향 인심도 많이 변했지만 변하지 않은 것은 자연이었다. 내 나이보다 많이 살아온 우리 집 배나무와 살구나무는 고목으로 버티면서 고향을 지키고 있었다. 순간 가슴이 뭉클했다. 이제야 찾아왔냐고 나를 원망하듯 바라보는 것 같았다. 살구꽃과 배꽃은 온 마을을 춘심으로 설레게 해 주었고 살구가 익을 때면 새벽마다 바구니 들고 땅에 떨어진 노란 열매를 주웠던 일이 스쳐 갔다. 그것들은 내 어릴 적 시골 정서의 밑절미가 되어서인지 나이가 들수록 그리움으로 사무치고 있었다.

지난 시간들을 뒤돌아보며 삶의 좌표를 떠올려 보았다. 지금이야말로 홀로서기를 시도하며 나답게 살아야 할 시간이었다. 삶은 순간들의 총체이니 매 순간을 충실하게 보내야 함을 재인식하면서 말이다. 어제 하루들이 머리에 스쳐 갔다. 독서를 했고, 지인들과의 살가운 통화로 교감을 나눴고, 인문학 강의를 들었다. 배움은 죽을 때까지 절실하게 필요하구나. 요즘 날이 갈수록 새록새록 피부에 와닿았다. 공공 기관에서 평생 교육의 중요성을 강조하며 그곳에 의식이 깨어 있는 사람이 몰리는 이유도 같은 맥락이리라.

일상의 하루들, 나의 시야를 넓고 깊게 확장하며 살아가는 일에 매진해야겠다. 이 길이 내가 찾고자 하는 진정한 여정이기에. 오늘은 흔하디 흔한 문자 하나 오지 않았다. 이런 날도 있구나, 하는 생각이 들었다. 하지만 나에게 더욱 집중할 수 있는 사유의 시간이 주어진 기회로 받아들였다. 거울에 비친 또 한 사람, 내 모습을 바라보면서 나를 찾아가는 여정을 떠올렸으니까.

붉은 해가 서산으로 기울어간다. 붉게 물든 낙조를 보니 가슴이 충만함으로 벅차오르며 탄성이 절로 나왔다. 고운 노을은 잠깐이면 사라진다. 내 삶 역시 저 노을과 같을 것이다. 아름다운 황혼을 보고 감탄하며 이별을 떠올리듯 나도 저렇게 물들면서 저물어 가고 싶다. 지는 해는 순간으로 사라지지만 그 여운은 오래도록 사람들 가슴에 남아 있을 테니.

낙엽, 비우는 시간

거리는 온통 총천연색 꽃밭 같은 낙엽 물결이다. 걸을 때마다 발부리에 부딪치는 단풍잎의 사그락사그락 감촉이 얼마나 좋은지. 오감이 저절로 작동되어 행복의 나래를 펼친 듯하다. 계절이 주는 축복의 선물을 매일 받고 있는 요즘, 더 이상 어떤 바람은 없을 듯 충만한 시간을 보내고 있다. 살아있는 기쁨을 고양시켜 주는 만추의 시절을 지나면서.

사계절이 있다는 것이 새삼 고맙다. 절기가 분명한 우리나라는 큰 복을 받은 나라인 것 같다. 아무리 과학 문명의 발달로 편리한 세상에 산다고 해도 뚜렷한 자연 변화만큼 마음을 편안하게 해 주는 것이 있으랴. 하루가 다르게 변하는 사회적 분위기에 적응하기 힘들어하는 나, 나의 정체성을 확인할 수 있는 것도 자연의 덕분이었다. 자연은 언제나 말없이 행동으로 보여 주며 나를 나답게 살아야 한다고 격려해 주었다.

나는 날마다 새날을 꿈꾼다

지금도 나는 기분이 울적하거나 감정이 소용돌이칠 땐 수시로 자연을 찾아서 그의 침묵에 귀 기울이며 이야기를 듣곤 한다. 봄은 연둣빛 희망으로, 여름은 강렬한 태양으로, 가을은 먹거리들과 단풍으로, 겨울은 고요한 침묵으로 내 곁에 다가온다. 그는 변화무쌍한 계절의 시간표를 한 치 오차도 없이 운행하고 있었다.

요즘 하루가 다르게 낙엽이 우수수 떨어지고 있다. 이맘때쯤이면 유독 가을 분위기를 많이 타는 나는 멜랑콜리한 감성에 빠진다. 마치 사춘기를 통과하는 청년의 열병처럼 지금까지 살아온 시간들과 살아갈 날들을 떠올리곤 한다. 바람에 휘날리는 낙엽을 무심코 한참이나 바라보니 어느새 그가 위로해 주었는지 나도 저들처럼 가볍게 자유로운 영혼이 된 듯했다. 나풀거리며 공중에서 춤추듯 내려오는 낙엽, 지금 그가 보내는 메시지는 뭘까. 때가 되면 가볍게 떠나야 한다고 말하는 걸까.

한참이나 공상하며 상념에 잠겼다. 낙엽을 오랫동안 바라보며 생각하고 있으니 내가 성숙해지는 느낌을 받았다. 예전에 느낄 수 없는 감정이었다. 나무의 일생이 생생하게 펼쳐지면서 마음이 울컥해 왔다. 화려한 단풍 축제를 벌이기까지 저들은 얼마나 힘들었을까. 푸른 봄의 새싹과 무성한 녹음을 틔우기 위해 몸부림쳤을 고통이 떠올랐다. 이제는 자신의 사명을 다 마쳤다는 듯 낙엽이란 이름으로 땅에 떨어져 제 몸을 비워 내고 있는 것 아닌가.

숱한 시간들을 인내하고 견디며 살아온 그들, 때가 되면 떠날 줄 아는 낙엽의 생애를 떠올리니 부끄러웠다. 나는 언제 이런 마음 한번 낸 적 있던가. 힘든 일은 방관으로 일관했고 나를 위한 작은 일마저도 성실하게 하지 않았다. 인내가 필요하면 우선 합리화시키는 빌미를 찾곤 했다. 화려한 낙엽이 되기까지 걸어온 나무의 숨은 고통은 생각하지 못했고 그저 황홀함에 도취했던 나였다. 마치 온갖 땀과 인내로 월계관을 쓴 선수의 고통을 도외시한 것처럼.

이 년 전 무화과나무를 구입해 키우고 있다. 유난히 잎사귀가 넓적하고 뻣뻣했다. 그래서인지 튼실한 열매가 열 개 정도 열렸다. 처음 수확하는 열매가 신기해서 자주 들락거리며 살펴보았다. 어느덧 푸른빛 열매는 잘 익은 보랏빛으로 숙성되어 갔고, 배꼽 부위가 농익은 듯 벌어지고 있었다. 호기심 가득 조심스레 열매를 따다가 그만 잎사귀를 건드렸는지 갑자기 우수수 떨어지는 것이 아닌가. 나무 자체가 워낙 튼튼해 보여 쉽게 안 떨어질 줄 알았는데 뜻밖이었고 순간 허망했다. 때가 되

나는 날마다 새날을 꿈꾼다

면 사라지는 것은 당연한 일인데, 내 고정 관념에 고착하여 그를 바라보고 있음을 알았다. 그렇지. 언젠가는 나도 저들처럼 될 텐데. 가까이에서 갑자기 지는 낙엽을 바라보니 이별이란 멀리 있지 않음을 깨달았다. 항상 죽음을 준비하는 자세로 살아야 함을 상기했으니까.

이젠 단풍의 화려한 축제도 막을 내리는지 거리엔 앙상한 빈 가지 모습이 역력했다. 마치 흥겨운 파티가 끝나가듯 나도 모르게 수시로 고개를 들어 텅 빈 하늘을 바라보며 아쉬운 마음을 달래 본다. 마치 꼭 사랑하는 연인을 먼 이국으로 보내는 것 같은 심정이었다. 이젠 긴 겨울 동안 나무는 버리고 줄였기에 성장은 멈추리라. 내년의 더 알찬 생존을 위한 기약으로 저들의 살아가는 방식일 것이다. 보다 나은 생장을 위한 멈춤은 새로운 도약으로 이어질 테니까. 무한한 나무의 지혜를 떠올리며 나의 생장을 떠올려 보았다. 지금 내가 비우고 멈출 것은 무엇일까.

낙엽의 한 해 수고를 생각하니 온통 감사뿐이다. 그는 언제나 인간을 위해 도움을 주는 빛과 소금 같은 존재였다. 자체가 빛나는 거룩한 이름이었다. 그가 없는 회색빛 콘크리트로 삭막한 건물을 상상하면 마음이 벌써 답답해 온다. 무거운 돌덩

이가 가슴을 짓누르는 것 같다. 그래서일까. 언제나 숲속은 사람들의 발길이 분주하다. 새들도 온갖 미생물도 수시로 들락거리는 그곳. 나무는 모성과 같은 본능으로 생물을 품어 주고 다독여 주지 않던가. 나도 수시로 그 후덕함에 기대어 위로받곤 한다. 그의 몸에는 마법 지팡이 같은 영험이 있는 것 같다. 내마음 문을 열고 들어가면 언제나 두 팔 벌려 나를 안아 주고 달래 주었으니까. 부모님의 무조건 베푸는 사랑처럼 수많은 자식들을 거느리고 살아서 아량이 넓을까. 오롯이 순응하며 사는 저들이 경외스럽다.

중년을 지나는 요즘 나도 저들만큼의 연륜이 되어서인지, 이제는 낙엽이 주는 교훈을 알 것 같다. 숱하게 겪었던 내 시행착오들이 소실점처럼 확연하게 떠오른다. 지금이라도 부지런히 저들의 가르침을 새겨야겠다. 지난날보다는 앞으로의 시간들이 더 중요하기에. 아직은 긴 겨울이란 시간이 남아있기도 하니까.

낙엽의 지혜를 배우며 살아가는 요즘이 전성기처럼 느껴진다. 자식들도 제 보금자리를 찾아갔으니 이제는 걸림돌보다는 디딤돌이 내 앞에 놓여 있다. 나무가 주는 교훈을 디딤돌 삼아 알차게 살아야겠다고 다짐해 봤다. 젊은 날 못다 한 내 삶을

나는 날마다 새날을 꿈꾼다

이제라도 빌충해야겠다. 내가 원하는 삶을 그리면서 말이다.

창문을 열어 창밖을 바라보았다. 겨울을 재촉하던 비가 그쳐 하던 일을 멈추고 얼른 밖을 나갔다. 마지막 낙엽 떨어진 길을 걷고 싶어서였다. 축축한 한기를 느끼는 내 몸처럼 저들도 축 늘어진 채 젖어 있었다. 마지막 고별 눈물인가. 애잔함이 몰려왔다. 저들과 나도 우주 시간표 따라 흘러갈 것이다. 언젠가 모든 것은 떠날 테니까. 낙엽의 가르침을 음미하며 발길 닿는 대로 정처 없이 걸었다.

낙엽, 비워 가는 시간. 떨어지는 시간이며 저들의 가르침을 깊이 묵상해 보는 시간이다. 욕심과 욕망의 물결에서 허우적거리지 말고 나도 저들처럼 미련 없이 떨어져야 하리라. 조용히 비우고 또 비우면서.

일상의 기적

기적이란 특별한 횡재처럼 느껴진다. 짜릿하고 예민한 감성의 촉수를 높인다. 운수 좋은 날 갑자기 찾아오는 반가운 소식처럼 기분 좋은 상태다. 가끔씩 나도 기적을 동경하며 살아왔다. 누구나 행운을 찾으며 복을 받고 살기 원하기에 한 번쯤은 기적이라도 왔으면, 또 서원하면서 소망한다. 그러다가 그 기적이 자신의 간절한 바람 끝에 왔다면 오호 쾌재라 콧노래를 부르며 환호할 것이리라.

어린 시절 지천으로 깔려 있는 네잎클로버 토끼풀을 찾으러 온 풀밭을 헤매고 다녔다. 아무리 뒤적거려도 눈에 띄지 않던 네잎클로버. 온통 세 잎만이 벌판에 뒤덮여 있었다. 행운을 가져다준다기에 얼마나 찾아다녔는가. 찾다가 지쳐 아예 포기하면서 나와 인연은 멀 구나 체념했던 기억이 있다. 아무 영문도 모르고 찾던 추억이 요행을 바란 기적이 아니었을까 여겨진다.

시간이 지나서야 알았지만, 풀밭에는 온통 세잎클로버가 의미하는 행복이 널려 있었다.

그것도 모르고 행운만 쫓는 것에 집착했던 나의 행동은 얼마나 어리석었는지 나중에야 알게 되었다. 흔해 빠진 것은 무시하고 당연시 여기면서 눈길 한 번 주지 않은 것이다. 그러니 일상에서 나의 삶도 그날이 그날처럼 보냈고 소중한 걸 챙기지 못했던 것은 뻔했다.

지나온 시간들을 가만히 들여다보며 생각해 보았다. 밋밋하고 무미건조한 시간들. 바람에 나부끼며 떠밀려 오듯 살았다. 그것은 생각 없이 행동했던 고루한 일상들이었다. 다람쥐 쳇바퀴 도는 생활처럼. 가끔씩 주위에서 삶이 기적이라는 말을 들을 때가 있었다. 순간 의혹스러웠고 이해하기 힘들었다. 그 말은 나와 무관하게 느껴졌기에 의미 자체를 잊으면서 살았다. 생각할 겨를 없이 내 청춘은 전속력으로 흘러갔으니까.

지천명에 들어서 일상을 탈피하고자 몸부림치던 시절, 아프리카 남부 지역 6개 국가 배낭 팩을 떠났다. 안락한 맞춤 여행이 아니기에 주로 버스나 느린 열차로 나라 간 이동했다. 덕분에 현지인들을 많이 만났고 그들의 사는 모습을 실감 나게 목격할 수 있었다. 마사이마라로 버스가 이동할 때다. 비포장도

로를 덜컹거리며 한참을 달리다가 그만 고장이 났다. 미안한 기색도 없이 운전사는 당연하듯 말했다. 이럴 땐 수리한 후 가야 하니 우리 일행은 차 밖으로 나와 있으란다. 급할 것 없는 운전사의 굼뜬 행동에 문화의 차이를 느끼며 여행의 의미를 되새겨 보았다. 어쩌랴. 이곳 관습을 따를 수밖에. 잠시 후 어디서 출몰했는지 아이들이 우르르 몰려왔다. 마을은 보이지 않는데 수상했다. 아기를 업은 어린아이들, 파리가 눈에 붙은 것도 아랑곳없이 커다란 눈망울만 굴리고 있는 아이들. 유심히 보니 모두 흙투성이의 맨발이었다. 자신과 다른 피부색을 가진 우리들을 마치 외계인 보듯이 뚫어지게 바라본다. 서로를 선한 연민의 마음으로 저울질하고 있기라도 하는 걸까. 배낭에서 간식을 꺼내 나눠 주니 긴장을 풀었는지 마파람에 게 눈 감추듯 먹으며 행복한 미소로 화답하듯 밝게 웃는다. 시간이 지나고 드디어 차가 움직였다. 저들은 우리 차가 멀어질 때까지 손을 흔들고 있었다. 마치 즐거운 여행을 하라는 안부라도 전하는 듯. 갑자기 마음이 저려온다. 순박한 아이들 모습 속으로 불평하며 살았던 내 모습이 갑자기 부끄러워서다. 제대로 된 신발 하나 신지 않은 아이들의 선한 표정, 미소로 답하며 손 흔드는 따뜻한 동심의 모습을 떠올리며, 기적은 일상을

나는 날마다 새날을 꿈꾼다

온전히 받아들일 때 기쁨으로 피어나는 것이 아닐까 생각해 보았다.

천진무구한 시절, 동심의 내 모습이 환상처럼 뇌리에 스친다. 기적은 어릴 때부터 진즉 일어났던 일인 듯 느껴지면서, 내가 그것을 깨닫지 못하고 살았을 뿐인 것 같았다. 내가 태어난 것이 지금은 기적 자체라고 믿어지기 때문이다.

현직에 있을 때 가끔 성교육할 때가 생각난다. 난자 하나와 수억 마리의 정자 하나가 만나 생명이 태어난 것은 기적 같은 축복이라고 누누이 강조하곤 했다. 하지만 정작 교과서적으로 기계적인 주입만 했는지, 나는 까맣게 기적을 잊고 살았음을 알았다. 가슴이 아닌 머리로 교육했던 것이었다. 기적의 속성은 머리 아닌 가슴으로 느낄 때 찾아오는 선물이었으리라.

언젠가 우리 몸을 세분화해서 값을 매기며 얘기하는 사람을 보았다. 구태여 돈으로 환산하며 말하는 것은 그만큼 몸이 소중하다는 걸 강조한 것일 테고, 건강한 몸의 장기는 돈 주고 살 수 없는 기적으로 중요함을 역설적으로 말하는 것이리라. 나도 한동안 손 통증으로 자유롭게 움직이지 못해 고생을 한 적이 있었다. 당연하게 여겼던 내 손. 고맙기는커녕 내 까짓것 뭐 그리 대단하냐는 듯 평소에 관심 한 번 주지 않았다. 그러나 내 의지대로 하지 못하자 이만저만 불편했다. 밥 수저는 물론 씻지 못했고, 어느 것 하나 맘대로 할 수 없었다. 손의 존재가 새롭게 부각되었고, 그 역할의 고마움을 새삼 절실하게 느꼈다. 내 손에 항복하며 부주의하지 않겠다고 다짐까지 했다. 손을 통해 일상이 기적인 걸 나에게 가르쳐 준 것이었다. 고난도 때론 기적이라고 주의를 환기시켜 주면서.

이제는 갈수록 몸이 삐걱거리며 신체 기관 여기저기에서 이상 신호가 들려온다. 지금껏 당연하게 여겼던 건강이 기적이었음을 새삼 느껴 보는 요즘이다. 몸을 통해 정신이 더욱 성숙해 가는지 전에 보이지 않던 일상이 기적처럼 느껴진다. 몸과 정신은 유기적 관계이리라. 건전한 신체에 정신이 깃들어 있으니까 말이다.

코로나로 집에 머무는 시간이 늘면서 육체를 이끄는 내 영혼의 기적에 대해 더욱 많은 생각을 해 본다. 내 안의 기적은 어디서 어떤 모습으로 다가오는지. 성인들은 기적이란 나눔을 통해 온다고 말했다. 오병이어의 기적 같은 것을 두고 한 말일 것이다. 인간적인 잣대로는 상상할 수 없는 계산이 베풂의 기적으로 나타날 수 있다. 나눔과 베풂은 분명 기적을 낳는다. 나도 작은 체험이지만 누군가에게 사심 없이 베풀면 뜻하지 않게 분에 넘치는 사랑을 받기도 했고, 베풂 자체가 행복을 품어서인지 생각지 못한 기쁨이 기적처럼 왔으니까.

내게 기적은 멀리 있지 않았다. 일상을 통해 사소한 것을 감사의 눈으로 바라보고 가슴으로 실천하는 순간 말없이 찾아왔다. 마치 생활 속에 숨겨진 수수께끼 같은 비밀을 발견한 것처럼. 일체유심조라는 말과 같이 마음으로 바라보는 것이다. 내가 생각하는 대로 기적이 될 테니까.

그것은 누구나가 체험해 보고 싶어 하며 바라는 희망 사항이다. 하지만 공기처럼 무형으로 보이지 않기에 정신 차리지 않으면 스치며 지나쳐 버리고 말 것이다. 그러니 아무에게나 찾아오지 않을 것이다. 매 순간을 감사할 때 다가오기에 순간을 놓치지 않고 묵상하며 살아가야 할 이유이리라.

아침에 눈을 떠 주변을 바라보았다. 여느 날과 똑같은 시간이련만 확연하게 다르게 느껴지는 날이었다. 이유는 뭘까. 그것은 감사의 눈으로 주변을 바라보고 있어서였다. 내가 건네는 말 한마디, 바라보는 사물 하나에도 애정을 기울이니 기분이 좋고 나 자신 알 수 없는 충만감이 몰려왔으니 이것이 생활의 기적이었다. 말 한마디로 천 냥 빚을 갚는다고 하는 것도 이런 맥락이 아닐까.

중국 속담에 '기적이란 하늘을 나는 것도 바다 위를 걷는 것도 아니고 땅 위를 걷는 것이다'라고 했다. 평범함 속에 기적이란 진리가 들어 있음을 말하는 것이리라. 그러니 평범한 일상을 소중하게 여기고 매 순간 일체 감사하며 살아야 한다. 그런 모습이 진정한 기적의 삶이 될 테니까.

기적은 좋은 것의 바람이고 희망 사항이지만 멀리 있지 않았다. 특별함도 아니었다. 그것은 존재 자체였고 감사하는 삶의 전부였음을 고백한다. 그래서 타인의 기준이 아닌 내 가치를 그대로 인정하고 비교하지 않으면서 당당하게 살아야 하리라. 일상에서도 욕심과 욕망 대신 일체 감사로 채워 가면서. 일상의 기적은 그런 모습으로 존재하고 있으니까.

나는 날마다 새날을 꿈꾼다

은퇴자의 휴가

은퇴 후 보내는 시간. 지나온 날들을 생각하면 바쁜 기억만 떠오르니 휴가와는 거리가 멀었다. 항상 일거리를 쫓아다니며 살았다. 한가하게 휴식하는 것은 성에 차지 않았고 주위에 한 눈팔 겨를 없이 무소의 뿔처럼 혼자서 걸어온 것 같다.

해마다 여름이면 직장인들은 휴가에 관심을 기울이곤 한다. 찜통 같은 더위는 몸의 에너지를 보충해야 한다며 신체에 휴식 신호를 보내는 암호인 것 같다. 휴식을 꿈꾸며 담금질하고, 또 삶을 한 박자 늦추며 여유 있게 가라고 디딤돌 같은 역할도 부추긴다. 오죽하면 무박 여행까지 계획하며 시간을 촘촘하게 짜느라 골몰할까. 그에 비하면 나는 학교라는 방학 수혜가 있었다. 하지만 호시절 혜택보다는 분주하게 나부대던 생각이 앞서 오니 휴가는 다른 변수에 더 영향을 받는 것 같다.

중년 이후, 여유가 생기면서 휴가를 이용해 오대양 육대주를 무대 삼아 세계 여행을 시작했다. 견문을 넓히면서 배낭 팩 여행을 시도하던 시기, 후회 없는 선택이었다. 흔히 말하는 여행 삼박자라고 말하는 시간, 건강, 경비 등을 조율해 가며 떠날 수 있었고 장기 휴가를 다녀온 보람으로 현장에서 부족한 에너지를 충전한 것도 휴가를 벌충하며 보내곤 했으니까.

누구나 걸맞은 휴식을 변경 설계하듯, 한동안 맘껏 다녔던 시간들을 뒤로 한 채 지금은 휴가의 인식을 새롭게 하고 있다. 어디에도 얽매이지 않으며 자유로운 영혼을 맘껏 발휘할 수 있는 은퇴 무대에서 후회 없이 연출하고 싶기에 휴가란 나에게 어떤 의미를 주는지 가끔씩 고심도 한다. 시간이 남아돌 줄 알았던 착각은 여전히 반복하고 있는 실수. 이것도 습관이나 생활 양식은 주인 성품을 따라가는지 노력하지만 도루묵 수준을 못 벗고 있다. 생각과 실천 간극의 어려움을 증명이라도 하는 걸까. 백수가 과로사한다는 낭설도 있지만 말이다.

이젠 동적인 것보다 정적인 것에 저절로 관심이 쏠린다. 바쁜 일정보다는 여유 있는 느림의 미학을 꿈꾸면서 마치 세월을 낚는 강태공처럼 살고 싶어서다. 학창 시절 고전에서 배웠던 초야에 묻혀 산 선비들의 자태가 머릿속에 아련히 떠오르며 아득한 향수를 불러오듯 그리워진다. 그래서인지 멀리 떠나기보다는 집 근처 도서관이나 공원에서 산책하며 보내고 있다. 마치 소확행 시간이 내 휴가의 전부임을 증명이라도 하는 것처럼 마음속에 고대하던 여유와 즐거움을 느끼는 요즘, 나는 진정 나를 찾아가는 휴가처럼 여겨진다. 풍요로움이 마치 보름달처럼 차오를 때도 있다.

여유와 즐거움은 반짝이는 희망을 선물해 주는지 내 마음은 온갖 꿈들이 새록새록 돋아난다. 밤하늘의 별처럼 무수한 푸른 꿈, 상상만으로도 행복한 시간이 햇살처럼 마음 가득 환하게 비추면서 형용할 수 없는 충만으로 나를 채운다. 더 이상 어떤 바람이 필요할까. 지난날 시간도 나름 의미가 있지만, 지금 오롯이 나에게 집중할 수 있는 시간이 보석 같은 휴가로 인식된다.

지금은 동행자의 유무에 구해 받지 않는다. 함께 또 따로 즐길 수 있을 만큼 삶을 조율할 수 있으니 선택할 필요 없이 단순하게 마음 가는 대로 결정하면 된다. 혼자라면 홀로 있는 만큼의 고요 속에 침잠하며 자신을 성찰할 수 있을 테고 여럿이라면 더불어 사는 기쁨으로 어울릴 수 있으니까. 동반자 없는 휴가를 상상도 못 했던 시절이 있었다. 지금은 일인 가구나 혼밥을 당연하게 여기며 문명의 산물로 받아들이니 휴가도 시류 따라 변천하는 과정이 아닐까.

언제까지 휴가다운 휴가가 이어갈지 모른다. 하지만 삶이 다하는 순간까지 우아하게 누리고 싶다. 그래서 신중해야겠다. 항상 지금이라는 시간을 소중히 가꾸며 놓치지 않아야 하리. 가끔 배움의 욕망이 커서 무리한 계획으로 마음이 정체될 때가 있다. 마치 욕심을 부리면 소화 불량 신호가 여지없이 경고음을 울려 주듯 과유불급은 모든 삶의 근원으로 작동하기에 분수에 맞는 행동으로 살아가야겠다.

한낮의 더위가 기승을 부리며 매미가 울어 대고 있다. 인고의 어두운 터널을 보내고 지상에서의 짧은 시간, 아쉬운 몸부림인가. 구애하는 사랑의 울음이라지만 나는 그들의 소리가 좋아서 귀 기울여 듣는다. 자연의 노랫소리는 언제 들어도 완벽한 화음을 이루며 청량감으로 보답해 준다. 저들의 생동하는 리듬 따라 나의 휴가도 샛별처럼 약동하고 있다.

나는 날마다 새날을 꿈꾼다

기쁨 꽃이 피어나는 말

화창한 주말 아침이다. 따스하고 맑은 봄 햇살이 윤슬처럼 거실까지 퍼져 와 갑자기 나들이를 하고 싶었다. 어디를 갈까 망설이다가 문득 수영장이 생각났다. 새로 개장해서 수질이 좋다는 소문도 돌았고, 수영을 하고 싶었기에. 날씨가 외출을 부추겨 줘서인지 준비하는 내내 발걸음이 가벼웠다. 그러고 보니 나는 아직도 날씨 영향에 따라 기분이 좌우되며 산다는 걸 또다시 느꼈다. 젊은 날 그랬듯이.

콧노래를 흥얼거리며 막 현관문을 나서려 할 때, 남편이 나를 보며 불쑥 말을 건넸다. 수영장 곁에 있는 가게에서 치간 칫솔을 사 오라는 것이다. 순간 나는 세면대에 놓여 있던 치간 칫솔들을 떠올렸다. 각자가 사용하는 것도 몇 개 있었고 새것도 여분이 있지 않던가. 그래서인지 말에 의문이 갔고 심기가 편치 않았다. 그런 생각을 하다 보니 평소 그이는 화장지 처리

법도 나와 판이하게 달랐던 게 떠올랐다. 다 사용하지 않았는데도 불구하고 새 휴지로 교체하곤 했다. 아직도 몇 번이나 사용할 수 있을 텐데, 푸념하며 혼잣말로 중얼거리기를 여러 번. 아까워서 버리지 못하고 종당에는 내가 마무리하곤 했다. 이것이 반복되자 쌓인 짜증이 슬슬 올라오던 차였다. 못 들은 척 지나치리라.

언제까지 인내심으로 버티는 것은 한계가 있을 것 같았다. 예전엔 보지 못했던 습관들이 요즘 하나둘씩 새롭게 보이며 나도 같이 예민해졌다. 그의 말을 어떻게 지혜로 넘겨야 할까. 머릿속은 제멋대로 상상하면서 한편으로 입은 적당한 구실을 찾고 있었다. '그것 아직도 있잖아요. 있는 것 다 쓰고 구입하면 좋겠는데.'라며 대꾸하고 싶은 말이 목구멍까지 차올랐다.

순간 갈등하다가 대답하지 않고 집을 나왔다. 걷는 동안 그이의 말이 빙글빙글 머리에 떠다닌 채 곱지 않은 시선을 보낸 이유를 곰곰이 생각해 보았다. 조금 전과는 기분이 반전되어 발걸음도 무거웠다. 근원이 뭘까. 역으로 기억을 더듬어 가니 언제부턴가 그이와 나누는 말투에 날카로운 날이 들어 있음을 알았다. 말에 두드러기가 돋아난 것처럼 가슴도 울룩불룩 반응했으니. 내가 건네는 말에 대답 대신 브레이크를 많이 걸었

　　　　　　　　나는 날마다 새날을 꿈꾼다

다. 사건의 전말을 귀 기울여 들어 보지도 않고 먼저 자신의 추측대로 당위성을 말하는 것이었다. 나는 그럴 때다 민감했고 언짢았다. 대화는 일단 끝까지 경청한 후 적절한 반응을 해야 하는데 마음이 불편할 때마다 나는 이런 사실을 알렸고 몇 번 시도를 했지만 여전했다. 미적분 문제로 고심했던 학창 시절이 스쳐 갔다. 나와 다른 것을 포기하는 용기도 필요할 터, 말조심하며 상대의 아킬레스건을 건드리지 않으려 했다.

퇴직과 코로나로 집에서 계속 함께 지내다 보니 에너지가 집 안에 정체되었는지, 전에 느끼지 못한 습관이나 말을 서로 민감하게 받아들이고 있음을 알게 됐다. 습관은 이해로 백번 양보한다손 치더라도 한 번 뱉은 말은 가슴 깊숙이 비수처럼 꽂혀 쉽사리 잊히지 않았다. 이번 행동은 그이의 못마땅하게 여기던 습관에 더해서 평소 오가던 대화에 못마땅한 나의 침묵시위였다. 이제는 챙겨야 할 것이 하나 더 생겼다. 건강 못지않게 서로 배려하는 말 주고받기도 추가해야 할 것 같다.

며칠 전 동창들 모임에서 우리 부부의 대화를 화제에 올렸다. 친구들도 한결같이 겪는 일이라며 물오른 입으로 응수했다. 진즉부터, 예민한 부분은 백기를 들었으며 서로 교통되지 않는 부분은 스트레스받지 않으려고 눈감고 산단다. 갑남을녀로 어느 집이나 사는 것은 엇비슷했던지 이야기는 그치지 않았고 오히려 맛있는 안줏거리처럼 신나는 공감 대화의 장이 되기도 했다.

문득 안나 카레리나의 글이 떠올랐다. 행복한 가정이란 엇비슷하지만 불행한 가정은 모두 제각각의 이유를 안고 산다고. 최근 나에게 들려주는 말 같았다. 이해보다는 자신에게 유리한 합리화를 우선하며 날을 세웠으니. 언어는 내 인격의 전부를 드러내고 그것이 쌓이면 어떤 사람인지 나를 증명해 줄 것이다. 인품이나 성품을 가늠하는 시금석으로. 정신이 번쩍 들었다. 순간마다 내 말의 수위를 지켜야 했으니까.

코로나의 영향인지 부부의 단점이 확연하게 눈에 띄는 요즘, 예전하고는 확실히 다른 말투가 느껴졌다. 서로 상대적일 것이다. 장점을 보기보다 단점을 우선하면서. 사람들은 장점보다는 단점에 집중하는 현상이 있다고 어디선가 본 적이 있었다. 자신이 살아남기 위한 방어 본능이라고 했다. 하지만 단점은 더 나쁜 점을 연상시키면서 꼬리를 물고 비약적으로 부정적인 상상을 유도하게 할 것 아닌가.

이번 기회에 삶을 한 템포 늦추고 숨 고르기를 하면서 가라고 말이 가르쳐 주는 것 같다. 상처의 원인을 진솔하게 흉금

없이 털어놓고 새로운 비전 찾아 남편과 밀도 깊은 대화를 해야겠다. 독버섯처럼 더 자라기 전에 상처 주는 말의 싹을 없애야겠다고 다짐했다. 나의 단점을 점검해 보고 상대가 싫어하는 점이 무엇인가 깊게 고민하면서.

수영을 마친 후, 로비에는 사람들이 귀가를 서두르고 있었다. 관리사는 기다란 마대 자루를 끌고 바닥을 분주하게 청소하고 있었다. 업무 교대를 하는지 그곳에서 그녀를 드문드문 보았다. 그때마다 그녀의 남다른 행동이 눈에 띄어 깊은 인상을 받았다. 무척 예의가 밝아서 만나면 저절로 기분이 좋아졌다. 오늘도 부지런히 자신의 소임을 마치더니 홀 안의 고객에게 깍듯하게 인사를 하며 나가는 것 아닌가. "점심시간이 되어 식사를 하러 먼저 나갑니다. 살펴 가세요." 하면서. 곱게 말하고 나가는 그녀의 뒷모습을 바라보니 성자처럼 느껴졌다. 오늘 아침 남편에게 묵언 시위를 했던 나와 관리사의 말과 행동이 대비되었다.

말은 그 사람의 됨됨이와 향기를 대변하며 기쁨 꽃을 피우지 않던가. 그녀의 예절 바른 언행은 어떤 교훈보다도 내 삶에 큰 울림으로 다가왔다. 말 한마디에 천 냥 빚을 갚는다고 했는데, 가깝다고 방심하며 쏟아낸 나의 부주의한 언행들이 일순 부끄러웠다. 가까울수록 배려하고 존중해 주어야 한다는 걸 잊었으니. 새삼 자성의 시간을 보냈다.

하루를 돌아보며, 내 눈의 들보는 못 보고 상대방 눈의 티끌만 본 것 같았다. 남편에게 과녁 맞추기에 앞서 내 안의 관성처럼 붙어 있는 언어의 화살에 문제점을 맞춰야겠다. 가는 말이 고우면 기쁨 꽃은 저절로 아름답게 피어날 테니까.

나는 날마다 새날을 꿈꾼다

애장품

사람들의 관심은 헤아릴 수 없을 만큼 다양하다. 가끔 어린 자녀의 노는 모습이나 행동을 볼 때면 취향이 언뜻언뜻 보이는 듯했다. 자신이 좋아하는 것은 적극적인 호기심 속에 지칠 줄 모르고 노니까.

그래서인지 손주를 돌볼 때면 그의 관심사가 저절로 한눈에 들어왔다. 처음엔 공룡 책이었다. 공룡의 이름은 길기도 해서 내가 읽으려 해도 발음이 까다로워 상당히 어려웠다. 그런데 손주는 두터운 책장을 척척 넘기며 이름들을 정확히 말했고 특징까지 자세히 설명해 주면서 도리어 나를 가르쳐 주는 것이 아닌가. 글씨도 모르는 아이가 어떻게 알았을까, 신통방통한 모습을 상상했던 적이 있었다. 언제까지나 그럴 줄 알았는데 점점 자라면서 그것은 변해 갔다. 아하. 한때 좋아했던 관심 영역은 수시로 바뀌어 가는 과정이었음을 깨달았다.

지난 학창 시절, 나도 우표 수집에 집착했던 때가 있었다. 친구들이 국내 우표 수집하는 걸 보았다. 마침 크리스마스 씰도 해마다 다르게 문양을 고안해서 판매했었다. 그것은 결핵 환자를 돕기 위해서 발행했지만 우표 수집을 하는 사람들에겐 더없는 관심사였다. 씰을 구입하려고 경쟁까지 했으니까. 마침 나는 언니가 일본에 취업하고 있어 가끔 편지를 주고받았다. 그때마다 진기한 우표를 보면서 당연히 수집에 열을 올렸고, 이때가 애장품을 모으는 계기가 되었다.

가끔씩 지인 집을 방문하면 주인의 소장품을 보게 된다. 이럴 때면 한눈에 개인의 취향을 엿볼 수 있어서 부럽기도 했다. 일찍이 자신의 개성을 파악하며 사는 것도, 또 어느 것 하나에 몰두한다는 것은 삶을 적극적으로 사랑하는 사람의 전형처럼 보이기도 했다. 이웃에 수석을 수집하는 사람이 있었다. 그가 돌을 대하는 정성은 대단했다. 삶의 깊이와 내공의 감도를 엿볼 수 있었다. 어떤 난관도 불사하고 시공간을 넘나들며 찾으러 다니는 걸 보기도 했고, 돌의 결을 따라 손질하며 애지중지 조심스레 다루는 손길은 경건하기까지 보였다. 이렇게 애장품은 우리의 삶을 진지하게 가꾸어 주는 사색의 도구가 되게 해 준다.

나는 날마다 새날을 꿈꾼다

어느 날 저런 삶을 닮고 싶어 나도 흉내를 내 보았다. 누군가 얘기하길 코끼리는 많은 재물과 명예, 장수를 가져다준다고 했다. 나는 아무 철학 없이 '옳지. 바로 이것을 수집해야지.'라는 생각을 했다. 이후로 마치 이들과 함께하면 저절로 만사형통이 이루어질 듯 이때부터 코끼리만 보면 닥치는 대로 샀고, 거금 출혈을 할 때도 있었다. 한참 후에야 처음 의도부터가 잘못된 욕심과 허영으로 가득 찼던 일이었음을 알았다. 그것을 바라보며 진정한 기쁨을 느끼지 못했으니까. 남들이 하니 덩달아 했을 뿐, 겉멋만 번지르르했고 미성숙한 행동이었다.

애장품이란 무엇일까. 사전을 찾아보면 소중히 간직하는 물품이다. 하지만 그곳엔 진정으로 자신이 좋아하고 즐기면서 혼을 담아야 하지 않을까, 하는 생각을 해 본다. 세월이 갈수록 깊은 맛이 우러나는 것으로 그것은 마치 오랜 손맛이 밴 묵은 장맛과 같은 수준이어야 할 것 같다. 자신의 살아온 역사를 고스란히 이야기하고 철학이 담겨야 하지 않을까.

요즘도 가끔씩 지인들 집에서 우연히 애장품을 볼 때가 있다. 이젠 그것을 바라보는 시각이 많이 달라진 나다. 나이가 가르쳐 준 연륜이다. 보석같이 휘황찬란해도 손때가 묻어 있지 않거나 이야기가 없는 것들은 별반 매력도 없어 보였고, 멋지게도 보이지 않았다. 그래서일까? 이것이야말로 개인의 존재 감을 드러내는 척도처럼 느껴진다. 어떤 인생관을 가지고 살았을까 유추해 보는 재미도 있다.

지금껏 나의 애장품은 뭘까 생각해 보니 전무하다시피 기억에 없다. 하지만 마음속에 중요하게 여기는 것은 일기장이니 나에겐 애장품이라고 말하고 싶다. 뒤늦게나마 십 년 전부터 써 온 일기가 소중하게 느껴진다. 그저 내 발자취를 고스란히 쓰고 싶었고, 기력이 다할 때까지 써야겠다는 결심은 지금도 변함이 없다.

가끔씩 가족 누군가에게 추억을 선물할 수 있으면 좋겠다는 생각도 한다. 희망 사항 하나를 덧붙인다면 나의 장례식 때는 꽃 대신 일기장으로 장식했으면 좋겠다. 알알이 새겨진 기록의 흔적들, 여기 남기고 떠나간다는 묘비명 같은 고백을 하고 싶으니까. 이런 의미를 담은 일기장이야말로 영원한 애장품이 아닐까.

나는 날마다 새날을 꿈꾼다

여행과 나

나에게 여행이란 어떤 의미일까. 내 생애만큼 살아온 인생길이 떠올랐다. 중년 고개를 넘어서며 달려온 시간들. 무수한 사연을 안고 감당했던 지난 세월이 내 삶 깊숙이 영향을 주어서인지 지금도 여행 중인 것 같다. 여행이란 집을 떠나는 순간부터 돌아오는 과정을 청사진처럼 떠올리는데, 나는 다르게 느껴졌다. 나의 일상을 여행처럼 생각했기 때문이다.

내가 걸어온 길을 돌아보았다. 소싯적은 무임승차를 한 듯 마냥 신나기만 했었다. 당연히 부모님 보호 아래 있었으니까. 그중 다행스러운 경험은 깊은 산중에 살았기에, 자연을 친구의 전부로 여기며 뛰놀았다는 것이다. 젊은 시절 내내 그런 삶으로 이어져 종당에는 지겹게 느껴지기도 했지만 무엇보다도 제일 싫은 기억은 황토였다.

내 고장은 황톳길로 유명한 곳이었다. 비만 내리면 황토가

제 세상 만난 듯 기세를 펴며 당당하게 행세했다. 모든 것을 벌겋게 물들여 놓았으며 천연 황토물은 쉽게 지워지지도 않았다. 학창 시절 원거리 통학을 하느라 그것과 사투를 벌이며 보낸 시간이 새롭다. 당시는 소중한 줄 모르고 원망만 했지만, 지금은 황토가 귀해 상전 대접을 받는다. 내 건강도 당시 황토 덕분인 것을 한참 지난 후에야 알았다. 어린 시절을 회상해 보니 좋은 추억만 떠올라 마치 꿈속에서 신나는 여행을 한 기간처럼 여겨졌다.

그러다가 가정을 꾸리면서, 현실 속에서 적응하기에 벅찼는지 여행은 언감생심처럼 생각되었고 아예 거리를 두고 지나왔다. 그것은 여유 없는 마음의 부산물이었음을 한참 후에 알았다. 당시는 모른 채 살아서 다행이었겠지만 달팽이가 자신의 집이 전부인 줄 알고 살듯 나도 틀 안에 갇혀 살던 시절이었다. 힘든 만큼 성숙해졌는지 좌충우돌 파생된 삶의 파편들이 나를 단단하게 단련시켜 주기도 한 것 같다. 애쓴 만큼 삶의 의미도 조금은 알 듯했으니까. 이 시절 여정 이름을 짓는다면 나는 동굴 여행이었다고 명명할 것이다.

자식들이 장성하면서, 어두운 터널을 무사히 빠져나온 듯했지만 바쁜 삶은 그대로였다. 매일 일상이 시계추처럼 되풀이

나는 날마다 새날을 꿈꾼다

되었고 삶은 진부하게 흘러가고 있었다. 그러니 힘든 상황은 여전했다. 마치 낙타가 사막에서 짐을 잔뜩 등에 지고 살아가는 운명처럼 나도 반복되는 고된 하루를 보내고 있었다. '고달 픔도 추억으로 환원해서 한 획을 그을 수 있다면 사막 같은 그리움이 될까.' 별별 상상을 하면서 살았다. 그러던 어느 날 전기에 감전되듯 번뜩 번개 같은 결심을 했다. '숙명으로 돌리며 흘러가는 시간들을 더 이상 바라보고 지낼 순 없지. 이 생활을 탈피하자. 좁은 시야를 확장하며 무조건 바꾸고 떠나리라.' 〈영자의 전성시대〉 영화의 주인공처럼 비장한 다짐을 하며 감행했다. 처음 과감하게 시도한 나의 해외여행 나들이 포문을 연 셈이다.

어떤 리듬으로 삶을 조율하느냐가 또 다른 나를 만들어 갈 것이다. 마침 해외여행 붐도 한창 불었다. 배낭 팩 여행이란 것으로 도전했다. 패키지와 자유 여행의 중간 단계쯤이었다. 가고자 하는 도시와 숙박까지만 안내해 주고 나머지는 각자 알아서 행동해야 한다. 목적지 방문 일정은 자율로 선택해서 움직여야 하니 사전 지식이 필요했다. 아는 만큼 보이고 느낄 테니 나름대로 현장을 공부해야 했지만, 나는 친구 따라 강남 가는 식이었다. 그저 현지인이 자신의 역사나 이어져 오는 마을의 내력을 귀동냥으로 알고 있듯 나도 주마간산식으로 돌아다녔다. 쳇바퀴 같은 일상을 탈피하는 도피 여행 수준이었다. 그럴듯한 명분의 탈출구로 이용하면서.

다양한 경험을 한 후, 여행이란 의미가 나에게는 다르게 느껴졌다. 예전엔 집을 얼마간 떠나면서 미지의 세계를 찾아 비행기나 크루즈를 타는 것을 연상했다. 그렇게 해야만 여행다운 여행을 한 것처럼 뇌가 접수하였다. 그러나 그것은 내 고정관념에 불과한 것임을 알았다. 물리적인 것도 필요하지만 더 중요한 것은 내가 어떤 마음으로 여정을 바라보고 있는지가 우선한다고 느꼈다. 생각을 비틀어 보니 그것은 틈 사이로 비치는 다양한 각도의 햇살처럼 다른 빛의 이미지로 다가온다.

하루를 시작하는 첫걸음, 현관문을 나서면서 나는 여행을 하고 있는 것 같았다. 발길 따라 어디를 향해 가든 그 길이 바로 여정의 출발이라고 생각되었다. 그래서 순간을 챙기며 살려고 힘썼다. 불현듯 흘러간 가요 '인생은 나그네 길'이란 가사가 떠올랐다. 그 노래도 아마 매일의 삶을 여행에 비유하며 작사한 것이 아닐까.

지금은 불청객 코로나와 함께 보내고 있다. 온 세상이 바이러스 창궐로 고통을 받고 있는 험난한 길이다. 이 녀석들은 시

　　　　　　　나는 날마다 새날을 꿈꾼다

공을 초월해서 활동하기에 지구인들 모두 한마음으로 고통받고 있다. 여행이란 쉬운 길만 있는 것이 아니리라. 기쁨과 슬픔의 변주곡처럼 엎치락뒤치락하며 우리의 삶은 출렁거리기도 할 것이다. 인생살이의 축소판처럼. 하루속히 바이러스가 사라지길 염원하며 평화로운 세상을 소망해 본다. 지구촌 가족들이 활발하게 교류하는 그날을 기대하며.

오늘도 새로운 해가 떠오를 것이다. 분명 어제 해와 다르듯 나 또한 다른 나일 것이다. 사는 그날까지 후회는 줄이면서 어제의 내가 아닌 새로운 나로 거듭나도록 출발해야겠다. 그동안 내가 했던 여행을 돌아보니 오점투성이었다. 힘든 순간을 빌미 삼아 길 위에서 헤맸던 시간들, 발걸음 따라 점만 찍으면서 통상적으로 스쳤던 수많은 도시와 사람과 풍경들. 당시 행적은 내 눈높이의 수준이었을 테니 후회는 하지 않으리라. 아쉬움 없는 과거는 어디에도 없지 않은가. 미련이란 인생살이에 불가피하게 남겨진 숙제 같이 작용하기도 하니까 말이다.

아침이 밝았다. 투명한 햇살 사이로 걸어가는 거리의 순례자 모습을 떠올려 보았다. 온갖 풍상을 침묵으로 껴안고 묵묵히 자기 길을 걷는 사람, 경외심마저 들어 마음이 숙연해졌다. 나도 언젠가는 돌아가야 할 내 본향을 그려 보았다. 오늘도 주어진 시간, 하루치의 삶을 마무리하고 나를 기다리는 안식처에서 휴식을 누리며 여행의 진정한 의미를 찾고 있는 나, 내일도 그런 보폭으로 걸어가리라. 내 여정의 작은 탑 하나 소담스럽게 쌓아 가는 중이다.

가족사진

가정의 달 오월이면 빛바랜 흑백 사진들이 떠오른다. 시골 여느 집이나 안방 중앙 벽엔 큼지막한 사각 사진 액자가 키 재듯이 오밀조밀 놓여 있었다. 그 속에 있는 사람들의 표정은 비장한 결의라도 다짐하듯 한 방향을 바라보며 부동자세로 진지했다. 각 집의 요식 행위처럼 대동소이한 풍경이었다. 사진이 가족을 결속시켜 주는 집안의 상징물처럼 여겨지기도 했다.

갈수록 사진 향수가 그리워지는 것은 온갖 추억을 몰고 와서일까. 보고 싶은 마음 불쑥 인다. 마치 향수 유전자가 그곳에도 각인된 듯하다. 초가집이 세월 따라 자연적으로 도태하며 사라져 가듯 거무튀튀한 사각 테두리 유리 액자 속의 크고 작은 흑백 사진도 이젠 거의 볼 수 없다. 한 가족의 변천사를 말해 주는 증명서를 잃어버린 것처럼 아쉬움으로만 남은 광경이다.

그것은 시절을 대변하며 온갖 사연을 저장한 창고 같다. 가족 개인사를 고스란히 담고 있을 테니까. 누구나 사진 몇 장씩은 자신만의 소중한 기억을 담은 버팀목으로 무기처럼 가지고 있을 것이다. 삶을 지지하며 버티게 해 주는 힘으로 크게 작용해서인지 지갑이나 휴대폰 맨 앞에 고정시켜 부착하기도 한다. 나 역시 힘들고 삶이 팍팍할 때는 마음의 치유라도 해 주는 부적처럼 저장된 휴대폰 사진을 꺼내 보면서 위로받곤 한다. 그러니 가족사진은 삶을 든든하게 보장받은 인증서로, 때론 가족의 결속을 다짐하는 방패 역할까지 담당하며 위력을 과시하고 그 이름값을 하고 있는 것 아닐까.

그 무게 중심은 세월이 흘러도 사람들에게 당당한 위력으로 자리매김해 왔던 전통 같았다. 어린 시절, 어느 날 우리 집에 낯선 사람이 들어왔다. 당시는 방문 판매하는 사람들이 문지방 드나들 듯 가가호호를 손쉽게 들락거렸다. 그는 그럴싸한 사진첩을 들고 다니며 사진 찍기를 권유하는 사진사였다. 다양한 포즈의 샘플들을 넘기면서 사진의 필요성을 입이 침이 마르도록 장황하게 늘어놓았다. 몇 장 넘겼을 때, 아뿔싸! 우리 집 가족사진이 그곳에 있는 것 아닌가. 모두들 파안 표정의 얼굴, 얼마나 놀랐던지. 지금은 초상권 운운하며 상상할 수 없는

나는 날마다 새날을 꿈꾼다

이야기일 텐데. 그분은 도리어 가문의 영광처럼 여기라는 듯 신나게 말했던 것 같았다. 우리도 당연하게 받아들였고 좋은 인연으로 치부하며 여겼던 시절이었다. 가끔씩 가족이 그리워질 때, 그때의 사진 모습이 우선 떠오르니 역시 사진만큼 추억을 소환하는 일등 공신은 없지 않을까.

그래서인지 지금까지 사진은 시대 변화 물결 따라 예민하게 거듭하며 발달해 온 것 같다. 현재 그것은 필수품처럼 되었잖은가. 사진이란 기계도 따로 갖출 필요 없고 휴대폰 하나면 원하는 것을 척척 담을 수 있는 시대가 됐다. 심지어 유치원생들도 말보다 먼저 배우는 것이 이것 같다. 꾹꾹 누르면 찍히고 맘에 들지 않으면 지웠다가 다시 시도하며 순간 변신하는 걸 보면 격세지감을 느낀다. 이젠 상용화되어 어린 시절 사진으로 느꼈던 정서와 가족 성원의 결속력을 연상시켜 주기는커녕, 의미 본말조차 점점 퇴색되어 가는 것 같다. 원하는 모습과 모양대로 포토샵까지 해 가며 진면목을 무색하게 할 정도 변화했고 발달했으니까. 추억을 향유하며 고유한 전통처럼 자리매김하던 가족사진의 정서가 시대 따라 변천하고 있는 것 같아 아쉬움이 남는다. 사진 본연의 임무도 이제는 문명을 추종할 수밖에 없는 것일까.

요즘, 어린 시절 흑백 가족사진을 자주 떠올려 본다. 하루가 다르게 디지털 시대 흐름을 뒤쫓느라 혼란스러운 시간을 보내서인가. 아무리 세월이 흘러가도 가족사진의 본의를 잊지 못하는 것은 그것이 진정성을 전하는 울림으로 남아 있어서다. 디카 시대를 살고 있는 지금, 빠르고 쉽게 변신을 시도하는 것도 필요하겠지만 흑백 사진처럼 긴 여운을 남기며 가족을 결속시키고 정서의 끈을 연출했던 사진이 그립다. 세월이 흐를수록 자취를 가늠케 하는 한 그루 고목나무처럼 말이다.

코로나로 교류하지 못한 가족들이 보고 싶었다. 책장 서랍 깊숙이 간직했던 옛 사진들을 꺼내 보면서 오랜만에 흑백 사진 몇 장을 챙겼다. 사진은 옛날 집을 배경으로 넓은 마당에서 찍은 것이다. 마당에 함께했던 하늘과 바람과 햇볕은 그날의 풍경을 추억으로 소환해 주었지만 가족은 듬성듬성 틈새가 보였다. 시절 인연을 말해 주는 사진 속으로 소회는 구름처럼 흘러가며 그것은 부탁하고 있는 듯했다. 가족은 언제까지나 곁에 있는 것이 아니니 있을 때 정성을 다하며 사랑해야 한다고.

　　　　　　　　　　　나는 날마다 새날을 꿈꾼다

3장

성찰의 시간

띄우고 싶은 소망 하나

낭보를 접했다. 누리호 우주 발사가 성공했다는 뉴스였다. 과학 발전 수준을 입증한 자랑스런 업적! 이 기술 성과로 우리 나라는 일곱 번째 우주 항공 사업 국가로 발돋움한 나라가 되었다고 한다. 일상을 평이하게 보내고 있는 요즘 이슈가 있는 반갑고 중대한 소식을 들어서인지 기쁨이 배가 되고 놀라웠다. 칼럼을 읽고 방송을 들었지만 흥분이 쉽사리 가라앉지 않았으니까.

어떤 과정을 거쳐서 이루어졌을까? 나에겐 너무나 생소하고 벅찬 소식이기에 처음 세상을 만나는 어린아이처럼 지금까지 봤던 여느 칼럼보다도 진지하게 호기심 가득 촉각을 세우며 한 자씩 주목하며 읽었다. 읽을수록 점입가경이었다. 우주 사업 과정 시작에서부터 성공하기까지의 사건 전말들을 쭉 훑어보며 혀를 내둘렀다. 상상을 초월하는 정보들로 보였다.

나는 날마다 새날을 꿈꾼다

칼럼니스트에 따르면 우주 산업이라는 원대한 목표는 장기적인 비전 사업이니만큼 이미 30년 전부터 꾸준히 준비되어 왔단다. 우주 선진국으로 불리는 우방국, 미국이나 일본의 기술지원 없이 순수 우리 과학 기술의 힘으로 이룩하였다고. 여기에는 150개 이상의 전문 협업체가 발사에 참여하였다고 한다. 덧붙여 '디테일의 승리'라고도 했다. 이 말의 사전적 의미를 찾아보니 '자세하고 빈틈없이 꼼꼼하다'이다. 우주선은 어느 것 하나라도 결함이 생기면 정상적으로 작동이 불가능하므로 섬세한 디테일을 요구하는 사업이란 점을 강조하면서, 다양하고 입체적인 요소들이 유기적으로 잘 합력하여 이루어졌을 때만이 그 결실이 가능하며 이번에 이룬 쾌거는 이런 종합 산물의 결과물이라고 평했다.

칼럼을 읽은 후 생방송으로 진행되는 인터뷰 장면을 보았다. 참여한 연구원들은 하나같이 컴퓨터 앞에 코를 박고 발사 장면을 초조하게 지켜보다가 성공을 하자 서로 얼싸안고 눈물을 글썽거리기도, 너무 벅찬 기쁨에 할 말을 잃은 듯한 표정이었다. 그동안 수많은 장애물이 험준한 준령처럼 도전의 연속이었을 테니 무슨 말이 더 필요 없을 것이다. 화면을 지켜보는 내내 나도 그들 수고에 가슴이 뭉클했으니까. 이 낭보는 온 국민을 흥분의 도가니로 몰아넣으며 큰 선물을 안겨 주었다. 그들의 노고와 관계한 민관 합력 업체 덕분에 우리 모두도 삶을 업그레이드하는 기회로 다가갈 것 같다. 가뭄에 간절히 기다리는 단비만큼이나 기쁜 소식으로 작용했으니.

연일 방송에서는 요즘 우리나라뿐 아니라 세계적으로 경제가 불안하고 경기를 나타내는 지표 지수가 하향 곡선으로 치달아 하루하루가 살얼음판 위를 걷는 것처럼 아슬하다 한다. 더욱이 올봄엔 대형 산불 화재며 이른 봄 극심한 가뭄으로 전국민이 얼마나 안타까워했는가. 이런 시기에 최첨단 과학 기술의 꽃이라 일컫는 우주 산업의 성공이 온 국민에게 희망을 심어 준 것만 같다.

성공 발사 요인들을 유심히 살펴보면서 나의 삶으로 끌어들여 생각해 보았다. 이것을 이루기 위한 과정 속에 끈질긴 인내와 일의 결실을 위한 합력과 수십만 가지 이상의 디테일 산물들을. 나는 유독 이 단어에 눈이 번뜩여 그 말이 머릿속에서 떠나지 않았다. 디테일이란 삶을 이루는 근간의 중요한 요소가 아니던가. 어원 그대로 꼼꼼히 펼쳐 가며 구체적으로 의미를 내 삶에 적용해 보니 망연했다. 마치 두루뭉술 얽힌 실타래 같았고 명료하지 않았으니. 섬세한 사고가 삶의 여정에서 중요

나는 날마다 새날을 꿈꾼다

한 엑기스임을 인식하면서 문득 한 생각이 스쳐 갔다.

몇 년 전 인문학을 공부하던 시절, 강사님으로부터 명품인생이란 말을 접했다. 어떤 사람을 두고 지칭하는 걸까. 불현듯 그 말이 귓가에 맴돌았다. 삶을 디테일하게 살아가라는 말이 아니던가. 해가 갈수록 망각도 비례해가는 요즘, 기록의 중요성을 재인식하고 받아들이면서 이 말의 의미가 실감나게 다가왔다. 자신의 삶을 돌아보며 성찰의 과정을 기록하면서 자기다움을 추구하는 시간들로 채워가는 것이 명품인생 인 것 같다고 여겨진다. 기록물은 살아온 가치관을 고스란히 비추는 거울이 될 테니까.

칼럼으로 보아온 디테일이란 단어를 사유하면서, 그 말의 매력에 감동을 받았다. 이번 기회로 인해 나도 주어진 삶을 꼼꼼히 챙기며 글을 써야겠다. 인내와 정교함의 공간에서 저들의 간절한 기다림이 결실을 맺은 것처럼 나도 그들의 자세를 닮으며 배우고 싶으니까. 지상에서 우주로 날아간 발사체의 성공은 우리 모두의 희망이다. 지금 파란 하늘 저 멀리 모두의 꿈을 두둥실 안고 임무를 수행하고 있는 우주 발사체에 힘입어 나도 작은 소망 하나 띄우고 싶다. 명품인생을 동경하며.

땀으로 쌓아 올린 여름

연일 불볕더위가 기승이다. 얼마 전 누리호 낭보에 이어 통쾌한 소식이 들려왔다. 한국인 최초로 필즈상을 받았다. 수학의 노벨상이란다. 무더운 여름의 열기를 식혀 주는 전언. 가끔씩 방송이나 신문을 통해 기쁜 소식들을 접하면 한줄기 시원한 소나기처럼 마음이 촉촉해진다. 여름 찬가처럼.

수학을 싫어하는 나에게는 외계인 소식처럼 들린다. 어떻게 하면 그런 경지에 도달할 수 있을까. 같은 하늘 밑에 사는데도 이방인처럼 느껴진다. 공항을 통해 입국한 그의 외모는 특별할 거라는 기대와는 달리 평범했다. 학자라기보다는 우리 이웃집 아저씨 같았다. 그러나 기자들이 그를 둘러 에워싸며 수상 소감을 물었을 때 생각에 잠긴 그의 모습은 차분했고 과연 학자다운 풍모였다. 그는 이렇게 대답했다.

나는 날마다 새날을 꿈꾼다

"수학자의 내적 동기는 예술가의 그것과 같습니다."

이 말은 과연 무슨 의미일까? 그의 대답이 인상 깊어 신문을
자세히 읽어 보았다. 수학과 예술의 공통점. 묘한 여운이 머릿
속에 빙빙 맴돈다. 물론 어떤 것이든 큰 틀에서 바라본다면 하
늘 아래 존재하는 것들일 것이다. 칼럼 안에는 이렇게 적혀 있
었다. 두 분야 모두 표현하기 어려운 개념을 고도의 함축적인
언어와 상징, 논리로 전달하는 것이 공통점이란다. 덧붙여 그
가 이렇게 말했다.

"굉장히 애써 어떤 아름다움을 간신히 봤는데, 나만 아는 게
아니라 너한테도 보여 주고 싶은 마음 같은 것이죠."

갈수록 점입가경처럼 들렸다. 그는 한때 시인을 꿈꿨다고 했
다. 시인과 수학자는 통상 어울리지 않는 듯했지만 그의 멋진
말을 연상하니 배움의 세계는 아름다움이란 공통분모가 내재
되어 있는 듯 보였다. 관심 분야가 다르기에 알지 못하고 살아
갈 뿐 아닌가.

한참, 신문을 쭉 읽어 내려가다 말미에 수학의 아버지라고

불리는 아일랜드 출신 수학자 윌리엄 해밀턴의 인용한 글을 보았다.

"수학과 시는 모두 상상력으로 얻는 것이며, 수학의 목표인 진리와 시의 목표인 아름다움은 같은 물체의 양면입니다."

이것을 읽은 후에서야 학문의 공통된 깊이의 세계를 조금은 알 듯 유추해 보며 이해하게 되었다. 시와 수학의 교집합을 떠올리니 신비하게 다가왔다. 내가 학창 시절 그토록 어려워하던 수학이 상상력 가운데로 넘나들고 있었다니. 한참이나 멍하게 앉아 알지 못했던 미지의 무한 세계를 떠올렸다. 내가 운신하고 사는 세계와 대조하며 생각에 잠겼다. 미처 몰랐던 수학의 나라가 조금은 말랑말랑하게 다가왔다.

아는 만큼만 살고 있구나. 세상에는 다양한 직업이 존재하며 각자도생(各自圖生)으로 삶을 영위해 나갈 것이다. 인문학으로 존재하는 모든 것들이 아름답게 다가오며 그 안은 여름 열기처럼 열정이 꿈틀대며 신세계를 펼쳐 가고 있었을 것이다. 미처 수학을 아름다움 대신 골치 아픈 학문으로만 치부하며 어리석은 미망의 굴레에 있던 나를 떠올리며.

왜 나는 깨달아야 할 중요한 순간들을 놓치고 뒷북을 치고 살고 있을까. 젊은 날 일찍이 알아차렸다면 조금은 달라졌을 것이다. 순간의 선택은 삶의 성장기와 맞물려 중요하지 않던가. 불현듯 어느 시인의 말이 떠오른다. "지금 알았던 것을 그때도 알았더라면." 그 의미심장한 말이 뇌리를 스치면서 가슴을 두드린다.

오늘은 초복이다. 더위가 한층 더 무르익어 갈 것이다. 앞으로 송글송글 땀방울을 얼마나 흘리게 될까. 수상자 노력의 결실이 피땀의 진가라 생각하니 땀이란 단어가 숭고한 울림으로 가슴깊이 다가왔다. 귀찮고 진저리치며 불필요한 존재로 치부하던 땀의 정체. 나라를 빛낸 학자로부터 이번 여름에는 특별한 선물을 받은 것 같다. 생의 숨겨진 비밀이 땀의 진가로 와닿았다.

뜨거운 여름의 결실들이 차고 넘치는 요즘, 과일, 채소들이 먹거리 천국이다. 보이지 않는 땀의 열매들이다. 마음의 눈으로 살펴보지 못했던 땀의 고마움들이 뇌리에 스쳐 간다. 갑자기 한 생각 전도되어 인생관이 바뀐 사람처럼. 무더위 짜증 내며 힘들다고 푸념만 앞세웠던 일들이 부끄러워졌다. 뜨거움이

뿜어내는 열기의 진정성을 이해하지 못하고 아름다운 가치를 무시한 채 단세포처럼 살아온 세월이 야속하게 느껴졌다.

수상자는 평소 좋아하는 미국 시인 데이비드 화이트의 말을 인용하며 쌓인 내공을 말했다.

"밤의 지평선 너머 감춰진 별 하나를 찾으려는 '꿈꾸는 자'의 자세로 저는 수학의 근원을 찾아갔습니다."

시인의 향기를 가진 수학자의 멋진 대답 덕분에 나는 여름의 열기 속에서도 은하 너머 감춰진 나의 별 하나를 찾아가며 땀의 진정한 의미를 새겨 보는 시간을 보냈다.

낭보의 여운이 깊게 울리며 뜨겁게 살라고 메아리쳐 온다. 땀으로 쌓아 올린 여름은 생명의 약동을 예고하니까. 더 이상 아쉬움 남지 않도록 지금부터 나도 열정의 땀방울을 맺도록 여름을 뜨거운 활력으로 살아야겠다.

나는 날마다 새날을 꿈꾼다

새벽을 여는 사람

며칠 후면 명절 설날이다. 어릴 때 무조건 기다리던 날, 까닭 없이 설렜다. 적막한 산골 마을의 한겨울 축제는 이것으로 시작했다. 해가 저물 녘, 설빔 준비로 도시에 장을 보러 가던 엄마를 애타게 기다리며 솔밭으로 난 길을 눈 빠지게 바라보곤 했다. 올해도 어김없이 겨울 한복판을 지나며 명절을 맞는다. 예전과 다른 점은 내가 그때의 부모 위치에 왔다는 것이다. 과거가 찰나처럼 느껴지는 오늘, 나도 옛 어른처럼 장을 보기 위해 장바구니를 끼고 집을 나섰다.

반절은 의무와 책임감으로 하는 행동이었다. 명절은 으레 시장에 가서 뭔가를 바구니에 채워야 할 것 같은 생각이 들었으니까. 시장을 가는 동안 철없던 시절 보낸 명절날이 자꾸 그림자처럼 내 머릿속에서 떠나질 않았다. 왜 나는 애틋한 마음으로 과거를 추억하는가. 금방 한 일도 그렇게 생각하는 버릇이 있었다. 좋은 습관이 아닌 것을. 연연해하면서 어떤 결과를 기대하는가. 머릿속에서 생각을 짓고 부수고 상상하다 보니 어느새 가게 앞이다.

새벽을 여는 사람, 이곳 상인들이 그 전형처럼 보였다. 그들은 몇 명이 전담팀을 이루면서 물건을 투명 비밀 팩에 넣어 속사포처럼 진열했고 가격표를 붙이며 일사불란하게 움직였다. 나무 좌판 위, 커다란 플라스틱 바구니와 앙증맞은 작은 소쿠리에 알맞게 담긴 물건은 후한 인심도 보탠 듯 산더미처럼 수북이 쌓아 올려져 있었다. 바라보기만 해도 뿌듯했다. 입구엔 대박집이라고 큼직한 검정색 간판이 적혀 있었는데, 글자가 무색하지 않았다. 부지런한 손놀림이 숙련공의 다져온 내공처럼 보였다. 저 녀석들이 사람들을 건강하게 해 주는구나, 믿음이 우러났다. 보기만 해도 엔도르핀이 온몸을 흐르듯 기분 좋은 아침이라고 말해 주는 듯했으니까.

이른 시간인데도 불구하고 사람들이 물건을 고르느라 북적댔다. 이곳은 나이 지긋한 사람들이 단골 고객이었다. 잠이 적은 어른들과 이른 아침 문을 여는 가게는 환상의 콤비처럼 잘 어울리는 것 같았다. 언제 보아도 가게는 문전성시였는데 오늘은 바투 명절이 다가와서인지 더욱 붐볐다. 나도 그들 속에서 가지런히 진열된 것들을 유심히 살펴보았다. 각각 제 모습대로 존재를 알리며 펼쳐져 있는 물건, 오늘따라 그것은 더욱 소중하게 보였으며 나에게 말을 거는 듯했다. 그들은 어디서 먼 길 따라 예까지 왔을까. 울긋불긋 색깔의 먹음직스러운 제철 과일이 선두에 앉아 있었고 그 뒤로 야채들이 다소곳하게 주인들을 기다리고 있었다. 누군가의 식탁을 풍성하게 해 주며 튼튼한 몸을 지켜 줄 녀석들. 나도 저들의 도움으로 건강을 이어가고 있다는 생각이 들어 마냥 사랑스러웠다. 마음으로 바라보니 어느 물건 하나 귀하지 않은 것이 없었다. 만물은 나름대로 소용되고 조화를 이루면서 아름다운 세상을 만들어 주기에 감사가 저절로 나왔다. 그들을 통해 미미한 나의 존재감도 떠올랐다.

수북하게 진열되었던 물건들이 어느새 바닥을 보였다. 불과 한 시간도 채 안 된 시간이었다. 그런데도 불구하고 나는 물건을 고르기보다는 시선을 다른 데로 두고 있었다. 진열대의 야채들을 멍하니 바라보는 것과 그것을 고르는 사람들의 행동을 은근히 즐겼다. 과일들을 들었다 놨다 비교해 가면서 마치 땅굴을 파듯 속을 파헤치며 고르는 사람들의 골똘한 표정을 관찰하는 것이 흥미로웠다. 눈 저울을 예민하게 가동하면서 이렇게 선택된 물건들을 사람들은 각자 바구니에 착착 담았다. 이 집에서만 허락되는 특권 같았다. 원하는 먹거리를 보며 맘껏 고르는 어르신들의 기쁨은 얼마나 클까. 마치 취사선택하는 자유를 보장받듯 자못 흐뭇해하는 표정도 엿볼 수 있었다. 어디에서도 볼 수 없는 진풍경을 여기서는 허락하지 않는가. 생각만으로도 마음이 부자가 된 듯 덩달아 기분이 좋았다. 이름만큼 대박 나길 빌어 주면서 나도 주섬주섬 바구니를 채웠다.

계산 줄이 길게 꼬리를 물고 이어졌지만 번개처럼 사라졌다. 계산원의 날렵한 행동 덕분이었다. 전산 기기도 없이 한눈에 자르르 읽어 내려 가며 머릿속으로는 암산을 하고 있었고 양손은 재빨리 봉지에 물건을 단숨에 담아내고 있었다. 한 점 오차 없이 척척 일하는 중년 여인이 독보적인 존재처럼 보였다. 어쩜 이렇게 정확할까. 날쌘돌이 그녀의 행동은 어떤 과정으로 이루었을까. 동시에 서너 가지 일을 능란하게 해내는 솜씨가 놀라웠다. 나도 그녀의 입장이 되어 보려고 내가 구입한 물건을 뒤적이며 머리 굴려 셈을 해 봤지만 역부족이었다. 누구나 타고난 저마다의 소질 아닌가 싶었다. 그녀 행동을 물끄러미 바라보면서 잠시 한국인의 근면성과 민첩성이 떠올라 혼자 빙그레 웃었다. 얼마나 신이 날까. 피로한 줄도 모를 것이다. 덩

나는 날마다 새날을 꿈꾼다

달아 그들 덕분에 행복한 아침을 시작해서 기뻤다. 도르르 구르는 손수레 소리가 옥구슬 굴러가는 소리처럼 투명하게 공명되어 들려왔으니까.

구입한 것을 정리하다 보니 딸 집이 떠올랐다. 딸은 나와는 정반대의 쇼핑을 했으니까. 젊은이들은 휴대폰 하나로 만사형통처럼 해결했다. 생필품은 기본이며 깨지기 쉬운 계란까지. 수많은 리플들을 참고하면서 일상을 문제없이 살아간다. 때론 부럽기도 해서 나도 흉내 내 볼 요량으로 해 보았지만, 서툴 뿐 아니라 사람들을 직접 만날 수 없다는 점이 아쉽게 느껴졌다. 사람들이 보고 싶었다. 시장만큼 사람을 많이 만나고 감정을 따스하게 해 주는 변곡점이 어디 있으랴. 나는 은근히 아날로그 시대의 향수를 그리워하기도 했다. 요즘 코로나로 인해 만남도 단절되었는데 이렇게라도 소통하며 산다는 것이 일상을 향유하는 기쁨으로 여겼기에.

삶의 패턴이 하루가 다르게 바뀌어 가고 있다. 세대 차이가 몇 개월로 나누어지듯 짧아졌다. 디지털 시대 사람들을 뒤쫓아 가기엔 바쁘고 역부족이다. 하지만 각자에게 주어진 길이 있듯, 나 또한 나답게 주어진 상황에서 최선의 삶을 가꾸며 누리고 살아가야겠다. 문명의 혜택은 충분히 활용해야겠지만, 사

람들과 더불어 만나고 부대끼며 살아가는 일은 얼마나 살맛
나는 감성을 일깨워 주는지. 오늘도 새벽을 여는 대박집을 가
야겠다. 그 삶의 현장은 나에게 더없는 에너지 발전소로 작동
하고 있었다.

나는 날마다 새날을 꿈꾼다

태풍의 눈

역대 최대 태풍이 온다고 매스컴은 들썩인다. 예전과는 사 못 차원이 다르다고. 며칠 전 이웃 나라 일본의 피해 지역을 영상으로 보니 소름이 돋았다. 자연의 위력에 사시나무 떨듯 저절로 내 가슴도 두근거린다. 아무 일 없이 지나던 평온한 일 상이 이런 소식을 접할 때면 경각심을 재확인하라는 증표처럼 느껴진다. 이때만큼은 이웃과 진정으로 연합하여 무사히 지나 가길 고대하면서.

태풍은 사납고 무서운 바람으로 부정적인 이미지가 떠오르 기도 하는데, 모든 것은 양면성이 있다. 바다를 정화시켜 적조 나 녹조 현상도 방지해 준다고 알고 있다. 하지만 이번에는 단 점의 위력을 가지고 찾아올 낌새다. 정규 방송 대부분을 이 소 식으로 할애하며 중요하게 보도하니까. 그러고 보니 얼마 전 홍수 피해 현장들을 보았던 기억이 채 아물기 전 아니던가. 또

다시 태풍이라니. 신문도 폭우 후의 피해 복구 상황과 휘몰아칠 태풍에 관한 이야기로 온통 도배질했다. 천천히 활자를 읽으면서 '태풍의 눈'이란 단어가 내 눈에 확 띄었다. 뭘까. 가끔씩 회오리치는 정치권 바람쯤으로 들어 본 것 같기도 했다. 부정의 이미지를 풍기면서. 태풍의 눈에 촉각이 쏠리면서 나는 관심의 눈으로 훑어보며 인터넷 검색을 했다. 마치 절지동물들이 더듬이로 탐색을 하듯.

그 의미는 거센 바람 한가운데서도 바람 없는 기상 현상을 말한다고 했다. 강력한 태풍이 불면 중심에 가까울수록 원심력이 강해지는 특이한 기후 상황으로 눈 지름은 30km가 일반적이지만, 심하면 100-200km에 이르기도 한단다. 그래서 수많은 철새들은 태풍의 눈에 머물러 있단다. 폭풍도 없고 주변도 따뜻하기에. 그런데 태풍의 눈이라고 애써 강조하는 걸 보면 아마도 눈 지름이 커질 것을 염두에 두면서, 비상을 예고라도 하려는 것일까.

이참에 태풍이란 한자도 찾아보았다. 클 태(太)라고 당연히 여겼는데 확인하니 태풍 태(颱)라고 했다. 열대성 저기압을 몰고 오면서 '폭풍이나 싹쓸바람을 이르는 말'이란다. 큰바람을 넘고 폭풍을 몰고 올 태풍의 위력을 상상해 본다. 싹쓸바람의

　　　　　나는 날마다 새날을 꿈꾼다

어감은 절대자의 초월적 힘을 떠올리게 한다. 얼마 전 태풍으로 초토화된 이웃 일본의 상황이 머릿속에 겹치면서 무섬증이 공포심으로까지 뻗치고 있었다. 예민한 전류가 온몸의 신경을 관통하는 것 같다. 이번 기회에 태풍에 대한 나의 인식은 새롭게 다가왔다. 미지의 세계를 처음 날아가는 어린 새의 날갯짓도 회오리치는 태풍만큼이나 두렵지 않을까, 생뚱맞은 생각도 들면서.

드디어 그는 제주 상륙을 시작해서 차츰 남부 지역으로 북상해 왔다. 해일이 높게 일면서 방파제 넘어 도로까지 점령하며 덮쳐왔다. 집채만큼 큰 파도가 무서운 회오리 원을 그리며 너울대고 하얀 거품을 연신 토하면서 달려드는 모습이 섬뜩하다. 무서운 바다신의 진노가 극에 달한 것일까. 안방에서 바라보는 텔레비전 화면이 꼭 옆에서 일어나는 것 같아 닭살처럼 소름이 돋았다. 아나운서 어투도 비장함을 더하듯 또랑또랑 힘을 주어 강조했고 초빙된 기상 관련 전문가도 비등한 무게로 대비를 당부했다. 비상시를 대비해서인지 사람들도 매스컴에 귀 기울이며 무사히 지나가길 기원하고 있었다. 잊을 만하면 한 번씩 찾아와 위력을 발휘하며 매운맛을 보여 주는 태풍, 인간의 교만함을 일깨워 주려는 속셈이라도 하는 걸까. 아니면 세상살이에 곤란 없으면 사치한 마음이 생기는 걸 내밀하게 가르쳐 주는가.

온 국민의 간절한 기도가 하늘에 전달되었는지 우려와는 달리 그는 남부 지방에 피해를 주고 이동 경로를 바꾸어 나갔다. 수도권은 초긴장에서 벗어났다. 학생들의 휴교와 직장인들은 출근 시간을 지연하면서까지 긴장했던 순간들. 나도 옥상에 있는 화분을 함께 단단히 묶어 동여매었고 유리 창문은 요동하지 못하도록 테이프로 칭칭 감고, 가급적 외출도 자제하면서 조바심으로 보냈다. 달나라를 가고 우주를 탐험하며 유영해도 자연의 힘 앞에서 맥없이 무너지는 인간은 얼마나 미약한 존재인가 체감하면서, 삶의 현주소가 아이러니한 역설로 여운을 남긴 사건.

인간들을 비웃기라도 했을까. 태풍을 예고했던 위기의 그날, 어느 때보다 하늘은 더 높고 푸르게 떠 있었다. 그는 더러운 대기 오염까지 싹 쓸어 가면서 몰고 간 듯 미세먼지 농도도 오늘따라 최고 지수를 나타내며 쾌청했다. 태풍을 대비하고 지나가면서 많은 상념들이 스쳐 갔다. 한 치 앞으로 닥칠 일을 알지 못한 채 살아가고 있는 나, 감사하지 않고 주변을 사랑의 눈으로 바라보지 못하는 시간들을. 태풍의 눈이라면 날개가

아닌 것을, 날개라면 이 또한 지나가기를 겸허하게 받아들이면
서 감사히 살아야 한다는 교훈을 가슴에 새겨보았다.

공자님 잠옷 속에 숨겨진 보화

칼럼을 읽었다. 제목이 '공자님의 잠옷'이다. 뜨거운 정치 경제 이야기로 지면을 달군 신문을 읽어 내려 가다 발견한 생뚱맞은 기사였다. 순간 뇌수를 찔린 듯 눈이 휘둥그레졌다. 이게 뭐지? 한눈에 호기심이 꽂혀 몰입하게 되었다. 머릿속에 스치는 상념들은 온통 잠옷을 상상하는 나래로 뒤덮였다.

얼마 전 문예 창작 수업에서 들었던, '글은 제목이 중요하다' 라는 말이 스쳐 갔다. 그것은 처음 만나는 사람과 얼굴을 대면 하는 격이 같기 때문일 것이다. 요즘 이슈가 되는 암울한 경제 면을 유심히 살펴보던 일은 어느새 뒷전으로 사라지고 오로지 공자의 이야기에 온정신이 쏠렸다. 무슨 이야기가 전개될까 호기심을 잔뜩 품어 가며 천천히 읽었다. 단어 한 자 토씨 하나까지 유심히 챙겨 보았으니까.

왜 이렇게 나는 이 말에 유독 예민하게 반응하며 깊은 관심을 두는지 생각해 보았다. 양생(養生)과 잠옷은 인간의 기본 생활로 미루어 짐작할 수 있지만, 공자의 잠옷이란 얼마나 생소한 이야기인가. 범부들과 별개의 존재처럼 추앙받는 거룩한 성인의 삶은 마치 다른 세계가 펼쳐졌을 거라고 여겼던 것일까.

이것은 논어 '향당' 편에 씌었다고 했다. '공자님은 주무실 때 반드시 잠옷을 입으셨다'고 한다. 또한 거기에는 성현의 자질구레한 일상 삶의 에피소드가 미주알고주알 나열되어 있다고 소개했다. 이를테면 더울 때는 얇은 베옷을 입었는데 꼭 속옷을 갖추어 입었으며 반드시 제철에 나오는 재료를 이용해 음식을 드셨다는 것들이다. 이것이 '군자의 도이고 양생이라는 걸 깨닫게 되었다'고 피력했다.

도와 양생이란 무슨 관계로 작용할까. 도(道)란 '마땅히 지켜야 할 이치이며 양생이란 병에 걸리지 않고 건강하게 오래 살도록 몸 관리를 잘함'으로 사전적 용어는 설명했다. 아하, 결국 기본기에 충실하라는 말과 같은 맥락으로 이해했다. 잠옷에 색안경을 끼고 의아한 눈빛으로 바라보며 상상했던 좁은 소견의 나는 뒤통수를 맞은 듯 스스로 움찔했다. 도(道)를 거창하게 생각했는데 의미를 음미해 보니 일상의 규범을 잘 지키는 것이었다. 인간다운 도리를 성실하게 수행하면 그뿐 아니겠는

가. 물론 공자처럼 성인으로 도달하기까지 실천은 언어도단일 테지만.

학창 시절 배운 공자의 논어의 한 소절이 생각났다. 학이시습지불역열호(学而時習之不亦說乎). 짧지만 깊은 울림을 주는 아포리즘이었다. 그는 인간의 도를 위해 끊임없이 공부하고 정진했기에 오랜 세월이 지나도 우리의 사표로 그의 사상을 추종하고 있지 않던가. 인간의 의식주는 세대마다 다르게 전수해 오겠지만 삶의 본질은 예나 지금이나 대동소이하리란 생각에 머물자, 보통 사람이 실천하기 어려운 일상의 도를 몸소 사신 성인의 삶이 존경스러웠다. 수신하기 위해 얼마나 치열한 삶을 살았을까.

글을 따라 읽으니 도와 양생은 수면과 연결되었음을 알게 되었다. 숙면이 얼마나 중요하기에 현대인의 중요 생활 이슈로 드러내 기사화하며 글을 썼을까. 구전으로 내려오는 얘기가 지금도 진리처럼 전승되어 오고 있으니 잠의 무게를 실감해 본다.

생각이 여기에 미치자 잠의 중요성에 저절로 고개가 끄덕여졌다. 그토록 중요하게 여기는 숙면, 지금은 농경 사회 시절과 비교할 수 없을 정도로 바뀌었다. 문화가 발달하면서 삶의 질이 천지개벽되었으니 갈수록 지구촌은 환경 파괴로 이상 고온

나는 날마다 새날을 꿈꾼다

현상에 시달리고, 그 여파로 요즘 밤은 열섬 현상이 이어지며 숙면을 방해하고 있다. 또한 온종일 실시간 방송도 송출되고 게다가 온라인 동영상 서비스는 더욱 불면의 밤을 부추기면서 우리의 수면 습관을 무자비하게 짓밟고 있지 않은가.

언젠가 현대인들은 피로 사회를 살고 있다는 말을 들었다. 그래서인지 주변 사람들을 만날 때면 불면증을 호소하는 사람들이 많았다. 잠이 보약 중 보약이라는데. 그러고 보니 나도 가끔 잠자는 시간을 놓치다 보면 잠 못 이루는 밤을 보냈다. 고역 중 고통의 시간이었다. 이때는 어떤 일도 하지 못한 채 정신을 꽁꽁 묶어 놓는지 머릿속은 하얘지기만 했다. 멍때리는 시간으로 도를 역행하는 시간을 보내고 있는 것이리라.

이제는 수면 습관을 의도적으로 챙기려 한다. 숙면은 밤의 도를 실천하는 평범한 진리라는 사실을 알았으니. 도는 멀리 있지 않았다. 낮엔 열심히 일하고 밤엔 잠을 잘 자면서 자연 리듬의 궤도 따라 살면 그뿐임을.

며칠 전 노 교수님 수업을 들었는데, 피곤해하셨다. 밤잠을 설쳤기 때문이란다. 잠은 모든 사람이 안고 가야 할 도(道)란 것을 새삼 떠올렸다. 일찍이 공자는 우리에게 잠을 통해서 양생의 도(道)를 가르쳐 주셨다. 세월이 흐르고 역사가 바뀌어도 자연 흐름은 거슬러 갈 수 없듯, 도는 순리대로 살아가는 삶의 방편의 작용이었다. 성현의 말이 귓가에 쟁쟁 큰 울림으로 다가왔으며 이번 기회에 논어의 '향당' 편을 읽어 보면서 성현의 참 가르침을 따라야겠다.

수천 년 시간이 지나도 고전의 비밀은 언제나 새로운 지혜로 다가오며 우리의 삶 깊숙이 다가와서 삶의 교훈을 풀어 준다. 공자님 잠옷 속에 양생의 보화가 감춰 있으니.

휴식

안식처가 그리운 요즘이다. 코로나가 종식되기는커녕 변이까지 일으키며 또 다른 불안을 유발하고 있다. 방심은 금물이며 차라리 휴식의 기회를 가져 보라는 듯 너도나도 바이러스앞에 서 조용히 숨죽이며 살아야 할 시간이라고 예고하는 것같다.

휴식이란 개념을 지금처럼 실감 나게 생각해 본 적은 없었다. 이번 기회를 통해 삶의 기술 하나를 알게 된 기분이다. 항상 부딪히고 곤란을 겪어야만 뒤늦게 알아차리곤 했다. 벌써 2년이란 시간이 흘렀는데도 흡족함 없이 보내고 있는 것아 마음만 바쁘다. 이유를 생각해 보며 그동안의 일상들을 점검해 보았다. 휴식은 삶의 태도와 직결되어서 단박에 해결할 수는 없으리라.

쉼이란 어원조차 생각하지 못한 시절이 떠오른다. 농촌에서 성장하여 보고 배운 것은 틈만 생겨나도 일구월심 농사일만 하는 부모님들을 돕는 것이었다. 여가를 챙긴다는 것은 안중에도 없었고 일에 매달리는 것이 삶의 전부였다. 나이 지긋한 어른들은 동네 정자에서 오수로 잠시 피로를 풀곤 했다. 그것도 아버지만의 혜택 정도였으니, 휴식이란 단어를 아예 모르고 살아왔다.

성인이 되어 독립한 후에도 지나온 시간들을 돌아보면 허겁지겁 살아서인지 내 삶에 온전한 쉼은 없었다. 하기야 휴식 자체를 몰랐으니 그렇게 살 수밖에 없었다. 한편으론 나 스스로를 다급하게 몰아붙이면서 살아가도록 채찍질했었던 것 같다. 힘든 일상들을 바쁘다는 핑곗거리로 합리화시키며 위안을 삼기도 했다. 이젠 진정한 휴식으로 나다운 삶을 전환해야 할 시점이다. 더욱이 코로나로 여러 제약까지 받고 보니 요즘 들어 부쩍 이 단어가 간절하게 다가온다. 나만의 맞춤형 휴식들은 뭘까. 나에게 주는 선물 같은 안식처를 고심해 본다.

주변에 관심을 가지고 찾아보았다. 자세히 보니 곳곳에 명소들이 차고 넘쳤다. 코로나로 인해 모임은 못 해도 혼자서 오롯이 누릴 수 있는 사색의 공간은 도처에 널려 있었다. 집 근처의 크고 작은 공원, 도서관, 산책할 수 있는 얕은 산. 문화 시설들도 마찬가지다. 수준 높은 무료 공연들은 물론 영화관, 미술관의 공간들이 많았다. 이것은 전국 어디를 가도 많이 있었다.

그동안 시야를 바라보는 사고가 문제였던 것 같다. 사실 생각 하나 바꾸면 어디든지 집처럼 누릴 수 있는 아늑한 공간이었으니. 발길 닿는 대로 녹음 우거진 숲이 끝없이 펼쳐져 있었고 푸른 하늘 아래 커 가는 산천의 뭇 생명체들, 높은 마천루의 위용들은 또 얼마나 당당하고 아름다운지. 항상 반겨 주면서 언제든지 오라고 손을 내밀고 있었는데, 나의 좁은 아집에 갇혀 이들과 더불어 살지 못하고 팍팍한 삶을 자초하며 살아왔음을 뒤늦게 알았다. 이제라도 내 곁에 있는 것들에 관심을 기울이며 더불어 살아야겠다. 그것이 삶의 진정한 누림이요, 휴식일 테니까.

다행히 집 근처에 공원과 도서관이 있다. 그곳은 책 대여는 물론 밤늦게까지 공부도 하며 컴퓨터까지 활용할 수 있었다. 독서하기에 최적 조건으로 완벽했다. 편안한 책걸상과 조명 온도 습도 모든 것이 잘 갖추어져 있었고 분위기 또한 쾌적했다. 틈나는 대로 책을 보려는 나에겐 안성맞춤인 장소요, 최고의 공간이었다. 갈급한 내 영혼에 언제라도 단비를 내려 줄 것 같은 이곳이 더없는 휴식처럼 느껴졌다.

몇 년 전 뉴질랜드 여행할 때 국립 도서관을 방문한 일이 떠올랐다. 4층 대형 목조 건물은 박물관 버금가는 웅장한 모습이어서 압도될 만큼 놀라웠다. 도서관에서 만난 사람들도 다양했다. 부모님과 함께 손잡고 온 어린이들, 연세 지긋한 노인들, 아늑하게 꾸며 놓은 공간들 속에서 책 읽는 수많은 사람들, 그들의 지적 탐구열을 보며 부러워했었다. 우리도 도서관의 중요성을 알고 지금은 곳곳에 많이 생기고 있어 반갑다. 독서는 삶의 이정표가 되니 많이 생겨나길 희망해 본다. 요즘엔 중년들도 자기 계발을 위해서 많이 찾아 이용하고 있으니 고무적이다. 나도 최애로 여기는 곳이니까.

며칠 전 우연히 지역신 문을 보았다. 코로나로, 또 열돔 현상으로 힘든 이웃을 위해 편안한 휴식 공간을 제공한다는 쉼터 소개소를 보았다. 지자체에서도 주민들의 안온한 삶을 위해 깊은 관심으로 챙기는 것을 보니 격세지감을 느꼈다. 현대인들 대부분이 이런저런 모양으로 공간을 찾으면서 그리워하고 필요로 하는구나, 새롭게 인식하게 되었다.

하루를 보내면서 진정한 휴식의 가치를 생각해 본다. 긍정 에너지로 나를 무장해 가는 시간들로 채우는 일상들을 소망해 보면서. 파랑새 증후군이란 말이 뇌리에 스친다. 현실에 만족하지 못하고 멀리서 다른 세계를 갈망하며 사는 것이리라. 행복이 가까이 있는데도 불구하고 멀리에서만 찾아다니던 지난날의 내가 떠올랐다.

휴식은 내 삶의 의지를 가까이에서 관철해야 함을 알게 했다. 이젠 간과하기 쉬운 소소한 일상들의 소중함을 챙기면서 진정한 휴식을 취하며 나답게 살고 싶다. 언제 끝날 줄 모르는 코로나, 이참에 참살이의 확고한 철학을 준비해야겠다. 그것은 마음의 고향으로 포근함을 안겨 줄 테니.

쉼, 휴식. 편안한 단어를 떠올리니 저절로 가슴이 촉촉해진다. 그것은 멀리 있지 않았다. 내 마음을 알아차리는 여정(旅程)의 과정이므로.

희망의 속삭임
-우리 함께 밥 먹어요

"언제 함께 밥 한번 먹어요."

만나기 힘든 요즘, 전화 통화로 안부를 주고받다가 말미에 기
약 없는 말을 들었다. 자주 듣는 말인데, 순간 가슴에 작은 파
문이 일어났다. 공허한 메아리처럼 들리지만 이렇게라도 서로
의 관계를 확인하며 유지하고 싶어서일까.

함께 먹는다는 것이 왜 이다지도 어필하며 다가오는지 곰곰
이 생각해 보았다. 한동안 뜸했던 시간들이 서먹하게 떠오르
며 함께 먹는 상상을 하자, 상대방과 만나지 못한 겸연쩍은 거
리감이 눈 녹듯 따뜻하게 느껴졌다. 그 말은 정분을 되살려 주
고 서원함도 해결하면서 어색한 분위기를 반전시켜 줄 것 같은
확신이 들었다. 아마 코로나 이후 지인들과 제일 많이 사용하
는 말은 이것이 아닐까.

그것이 상투적일지라도 기분 좋은 말이다. 자주 들어도 싫지 않고 공수표처럼 남발된다 해도 듣고 싶다. 먹는 것 속에서 친밀감을 유지하고 서로 편하게 공감대를 느끼게 하니까. 그래서인지 나 역시 남용했다. 갑자기 바뀐 세상에 적응하느라 만남이 요원해서인지 '함께 먹자'라는 어휘가 새삼 정답고 그리웠다. 그 속에 음식 문화가 담겨 있을 테고 우리만의 독특한 정서가 미풍양속처럼 흐르고 있다는 걸 이제야 조금은 알 것 같으니까.

밥을 연상하니 추억 하나가 불현듯 떠오른다. 어릴 적 동네에서 어른들을 만날 때마다 했던 인사 방법이다. 첫인사는 으레 '진지 잡수셨습니까?'였다. 먹거리가 부족한 시절이어서 그런 탓도 잇겠지만, 먹는 것을 모든 예절의 근본으로 우선시하며 최고의 예우로 대접해서일 것이다. '수염이 석 자라도 먹어야 양반'이라는 말도 있고 '삼 일 굶어 이웃집 담장 안 기웃거리는 사람 없다'는 고담도 있으니. 밥 인사를 전통처럼 여기며 나의 정서를 대변해 주던 추억 하나가 아스라이 사라진 유성처럼 기억에서 가물거렸다.

그런데 문헌에서 보면 당시엔 혼자 먹었다고 했다. 왜 그랬을까. 유교 문화가 남긴 유산일까. 지체 높은 가문은 물론 가장들의 식사는 겸상이 아닌 독상을 받았다고 한다. 평범한 우리 집도 그랬다. 아버지는 으레 혼자 저만치 떨어져 식사를 하셨다. 자신의 존재감을 이렇게라도 각인시키고 싶어서였을까. 마치 그래야만 집안 최고 어른의 대접으로 존엄을 지닌 듯. 감히 넘나 볼 수 없는 지엄한 분위기였고 가장의 성역처럼 확실하게 인식됐다. 우선 상에 올리는 그릇부터 달랐다. 그것은 이빨이 빠지면 부정 타서 안 되었으며 반찬도 제일 맛있고 귀한 것으로 올려졌다. 함께가 아닌 독상의 힘, 가부장 문화를 강조하며 마치 엄부자모(嚴父慈母)를 대변하며 표출시키겠다는 시대의 발로쯤으로 여겨진다.

밥에 대한 여러 생각을 떠올리다 보니 격세지감이 느껴진다. 10년이면 강산도 변한다고 하지만 더 변한 것이 이것인 것 같다. 방송에서 요즘은 혼자 사는 사람들이 대세라고 한다. 혼밥 먹는 얘기가 단연 압도적인 관심사다. 그들은 도리어 혼자서 먹고 사는 것이 마음 편하다고 했다. 당연하고 보편적인 일상으로 받아들여서인지, 함께 먹는 것이 때론 강박처럼 느껴지기도 한단다. 부담스런 경우도 있겠지만 사는 방법의 다양성의 차이구나. 새롭게 인식하게 되었다. 최소 단위의 가족들조차 각자 시간대로 살아야 하니 혼밥이야말로 자연스런 흐름인 것

　　　　　　　　　나는 날마다 새날을 꿈꾼다

같다. 가끔씩 나도 배가 출출할 때는 거리낌 없이 혼자 음식점을 들른 적도 있다. 대중 매체의 영향을 받았는지, 예전에는 감히 상상할 수 없는 행동이었을 텐데.

차츰 혼술, 혼밥으로 인해 생긴 보이지 않는 미세한 정서들이 작용하고 있는 걸 느낀다. 사회는 날이 갈수록 삭막하고 비정한 소식들로 난무한다. 심리학자들은 이것이 반사회적인 행동을 유발시키는 원형으로 나타난 결과라고도 말한다. 혼밥이 아무리 편하다고 해도 비정함과 헛헛함을 줄 것이다. 코로나 이후 온라인 세상은 혼자 놀거리, 볼거리를 더욱 자극하는 것 같아 걱정스럽다. 하지만 먹는 것만큼은 오프라인처럼 함께 하고픈 마음이 간절하다. 함께 먹는 데에서 정 나고 모든 역사는 그곳에서 이루어지지 않는가. 중요한 회담도 모임도 우선은 잔치 분위기의 음식과 먹는 데에서 출발하기에.

코로나 이후 비대면으로 먹고 마실 기회가 사라졌다. 그러니 당연히 함께한다는 일은 언감생심이다. 아쉬움을 달래며 서로 위로하는 목소리로만 수화기 너머 주고받는다. 밥 한번 같이 먹자고. 코로나가 사라지길 간절히 바라는 염원처럼 들렸다. 수십 번 들어도 기분 좋은 말, 나도 함께 먹자고 추임새처럼 변죽을 울렸다. 언제까지일까. 당분간 그 말은 저편 수화기 너머로 계속 들려올 것 같다. 미물 같은 바이러스 앞에 만물의 영장이라고 떵떵거리던 인간만의 절규 같다. 다시 그 목소리를 떠올려 보면서 현재 나의 모습을 재확인했다. 지금 나는 누구와 무엇을 공유할 것인가.

함께 먹는 밥은 단순한 음식이 아니었다. 어울릴 수 없는 상황에서 거리를 띄우며 집합 금지 명령에 따라야 하는 수칙이지만, 기대함으로 그리움의 날개는 펼칠 수 있으리라. 그것은 정서를 공감하고 시절 문화를 공유하며 끈끈한 유대를 다져 가자는 희망의 속삭임이었다. 함께 모여 밥 먹자는 다짐과 상상까지도 누가 막을 것인가.

4장

생각의 전환

일력에 기대어

낙엽이 수북이 쌓인 만추의 거리, 산책길에 만나는 낙엽 밟는 소리가 막바지 가을을 통과하듯 해조음처럼 쓸쓸하게 다가온다. 내가 걸어온 하루들을 떠올리며 상념에 잠기는 요즘, 자연스레 잠은 달아나 깊은 밤 책상에 오도카니 앉아 있는 일이 허다하다. 사방을 두리번거리며 나를 둘러싼 사물 하나하나에 온기로 다가가면 마음이 푸근해진다. 이심전심으로 교감하는 연민의 정이 배어서일까.

다소곳이 앉아 있는 책상 달력, 매일 눈높이로 마주한 그를 보면서 무언의 메시지를 받고 있다. 나의 하루는 실과 바늘처럼 앉은뱅이 달력과 밀접하게 연결되어 영향받고 있으니까. 지난 시간은 지난 대로, 오늘은 지금으로 그리고 훗날은 내가 바라는 결과를 예단해 보라는 듯이. 늦은 밤, 오늘을 마감하는 까만 숫자에 집중하며 바라보니 묘한 여운이 감싼다. 하루 종

나는 날마다 새날을 꿈꾼다

일 출렁대던 오감들이 숫자 안으로 사라지듯 잠잠해지며 고요해진다. 날짜의 의미가 내 안에 각인되는 듯 느껴진다.

이맘때 달력은 내 눈길을 예민하게 한다. 마치 명주달팽이가 뿔을 세우며 어둠을 더듬는 것처럼. 살아갈 날이 살아온 날보다 훨씬 짧다고 여겨서일까. 그는 온전하게 있을 뿐인데 그를 바라보는 나는 급하다 못해 황망하다. 한 해가 저물어 가는 시간 속에 묵은 때를 벗기고 싶은 내 몸부림의 발로인지 마지막 한 장이 애잔함으로 물든다. 모든 것은 내 마음이 짓고 부수는 일, 달력은 한 해를 떠나보내면서 나이란 나이테를 의식하도록 감수성의 성정을 가지고 있는 것 같다.

월력이 마지막 시간을 가리키고 있다. 마음이 무겁다. 가벼운 종이가 왜 이렇게 묵직하게 느껴지는지. 지난 세월에 대한 미련이 사방에서 튀어나와 생각 발목을 옥죄는 것 같다. 덧없이 보낸 날들, 부질없는 욕망으로 점철된 일상이 거리를 휩쓰는 바람처럼 내 안이 어지럽다. 생각을 접고 올해 계획한 대형 서점에 가야겠다. 얼마 전 읽었던 글을 시도해야 하기에.

일력을 찾는 사람들이 부쩍 늘었단다. 작년은 한 달 만에 동이 났다고. 이런 사실을 읽다가 움칫 놀랐다. 작년에 나도 집 주위 문방구 여러 곳을 순회했지만 구하지 못한 적이 있다. 원하던 일력은 일찌감치 마감됨을 뒤늦게 알았다. 연말이면 단골에게 공짜로 주던 선물 풍경, 종류도 다양하지 않았던가. 그 중 일력도 있었는데 언젠가부터는 보이지 않았다. 휴지가 귀하던 시절, 화장실 앞에 걸려 있었던 기억이 희미하게 떠오른다. 이젠 귀물이 되었나. 나처럼 기꺼이 화폐를 지불하며 사려는 사람들이 많다니. 취미로 구입하는 것은 아닐 테고 레트로로 복귀하고픈 욕망일지, 아니면 나처럼 일력이 주는 각별한 의미를 찾고 싶어서일까.

발걸음을 서둘러야겠다. 새해에는 나날의 일상을 그와 함께 하리라 다짐해 본다. 나의 하루의 시작과 끝을 성찰하면서 나를 만나는 오롯한 시간 가운데 그는 거울 같은 존재로 작용할 것이다. 또한 일력을 지울 때마다 돌아올 수 없는 시간을 의식하며 하루의 소중함도 바라볼 수 있을 것이다.

청년처럼 마음이 들떠 온다. 그것의 매력이 무수하게 쏟아질 것 같은 환영이 보인다. 가슴 뛸 일 없는 평범한 나날을 보내곤 하는 요즘인데 난데없다. 마치 일력을 한 장 한 장 넘길 때마다 행복이 차곡차곡 쌓일 듯하다. 내겐 무엇보다 소중한 보물이 되어 함께 걸어갈 것 같은 예감이 든다. 예전에 감지하지 못한 일력 생각에 빠진 요즘, 내 모습을 다시 보며 영원한 것도 없음을 새삼 알게 된다.

나와 한 해를 함께할 동반자. 그와 더불어 삶의 희로애락을 펼칠 새해. 일력에 기대어 일상을 새롭게 맞고 싶다. 마지막 한 장 남은 책상 달력도 이런 나를 응원해 주고 있는 것 같다. 군데군데 붉게 표시해 둔 동그라미도 마지막을 잘 장식하라고 부추겨 주듯.

올해가 서서히 저물고 있다. 과거의 결과물이 지금의 나를 규정하고 미래 또한 이러할 것이다. 지금을 잘 살아야 할 이유다. "우리가 가진 유일한 인생이 일상"이라고 카프카도 말하지 않았던가. 내가 사는 하루의 퇴적물을 떠올리며 일력과 함께 새해를 맞이해야겠다. 하루들이 쌓여 일 주, 한 달, 일 년, 십 년으로 비례하며 삶의 깊이와 무게는 쌓일 것이다. 일력에 기대어 다가오는 신년, 힘찬 기대감을 안고서 진지한 연말을 통과하고 있다.

달력 앞에서

무심코 눈 마주친 달력, 빨간 글씨가 23일이라고 알려 주고 있다. 눈을 휘둥그레 부릅뜨고 다시 한 번 확인해도 맞다. 하기야 설날이 22일, 어제였으니 이상할 것도 없다. 설날 날짜는 정확한데 오늘의 숫자는 아닌 듯 여겨진다. 하루 사이에 날짜 관념을 잊은 외계인처럼 시간 개념이 통째로 지워져 버린 것 같다. 언제 이렇듯 소리 소문 없이 지났단 말인가. 어이없어 시비 꼬투리라도 생긴다면 캐묻고 싶은 붉은 숫자.

도둑같이 살금살금 다가와 쥐도 새도 모르게 사라지는 것이 시간인 것 같다. 그렇지 않고선 이렇게 빨리 지날 리가 없다. 도둑만 남의 물건을 훔치는 줄 알았는데 그게 아닌 것 같다. 하도 수상해서 남편과 지인들에게 조심스레 물어보니 그들도 이구동성으로 한 목소리였다. 동병상련의 아픔을 서로 이해하는 것처럼 세월의 흐름 또한 같은 무게로 느끼는 수순의 과정

나는 날마다 새날을 꿈꾼다

이구나. 마치 매서운 회오리바람이 눈 깜짝할 사이에 불어와 모든 걸 휩쓸고 가듯 한 달도 그런 속력으로 무섭게 달려가는 것 같다. 눈에 보이지 않는 시간이 뭔가에 홀린 듯 두려운 마음까지 들면서.

송년을 건너오면서 달력을 구한다고 머리를 굴리던 모습이 어제 같다. 그것만이 아니다. 시간이 지나 오래된 기억도 떠올리면 엊그제 일처럼 아롱거린다. 빠른 세월이 압축되어 한달음에 건너왔음을 증명이라도 하려는 걸까. 날이 가고 달이 갈수록 시간에 대한 아쉬움과 애절함이 더해간다. 이제는 여생을 계수해야 할 만큼 많은 세월을 살아서일까.

요즘 들어 부쩍 흐르는 시간에 대해 애상 수준으로 집착하고 있다. 그게 도대체 뭣길래. 의문은 꼬리를 물면서 정체를 따라가다 보니 아스라이 스쳐 가는 옛일들이 가물거리는 호롱불처럼 희미하게 펼쳐진다. 사춘기를 지날 즈음엔, 시간이 지독히도 마디게 흘러갔다. '왜 이렇게 안 가지.' 마치 엿가락을 한없이 늘인 것처럼 지겨운 나날을 보내곤 했는데. 지금은 휴대폰 하나면 만사형통이듯 얼마든지 혼자서 즐길 수 있을 테지만 당시는 놀거리가 없어 무료하게 보내던 것이 여간 고역이었다.

이제는 시간의 근성을 조금 이해할 것 같다. 크로노스와 카이로스란 시간의 명제가 심리적 속성으로 해석하게 한다는 사실을 공감하고 있다. 같은 시간일지라도 느껴지는 질이 확연하게 다르다는 의미이리라. 마치 여행을 갈 때 누구와 함께하는가가 더 중요한 변수로 작용하듯이.

지금은 카이로스보다도 더 빠른 시간을 절감한다. 하고 싶은 일에 몰입하는 것에 앞서 유한한 인생이라는 사실이 먼저 번개처럼 스치기 때문이다. 황금 공휴일이라고 쓰인 달력의 붉은 날짜를 보면서 지금쯤 직장인들도 나만큼 절박한 심정일까 엉뚱한 상상을 해 본다.

이젠 일주일 후면 일월이 간다. 처음 계획한 일들을 점검해 보니 조금씩 발전하려고 발버둥 치는 모습이 보인다. 마치 어린 새가 처음 하늘을 날기 위해 날갯짓 연습을 하는 것처럼. 생각에 앞서 이젠 행동을 먼저 하려 한다. 꾸준히 글을 쓰자고 다짐을 했으니 먼저 실천해야겠다. 그래서 일월에게 진득한 마음으로 주문이라도 해야 할 것 같아 책상 앞에 정좌하고 앉아 써 내려 가고 있다. 나의 결심을 한눈에 확인해 볼 수도 있을 테니.

우선 감사가 저절로 튀어나온다. 무난하게 별 탈 없이 살아온 일월이 축복처럼 여겨졌기에. 모든 것이 감사뿐인 일월을 건너는 지금, 일월에게 고백을 해야겠다. 이제는 세월이 빠르다고 조급증으로 앙탈 부리지 않겠다고. 대신 감사로 채워 가겠노라고.

* 카이로스 시간: 의미 있고 가치 있는 시간.
* 크로노스 시간: 흘러가는 시간. 1시간, 1달의 시간 개념.

봄의 왈츠

봄이 어디선가 손짓하며 나를 부르는 것 같았다. 무심코 하늘을 올려다보니, 창공을 향해 줄을 지어 날아가는 새들의 모습에서 그 날갯짓조차도 각별해 보였다. 저들도 봄을 찾아 춤추듯 여행을 하는 것일까. 저 힘찬 날갯짓은 내게 생기로 전달됐다. 나도 찬란하게 꽃 피울 나의 봄을 떠올렸다. 두 팔로 창공을 향해 나래를 펼치면서 율동을 하듯.

올해는 유난스레 겨울을 속히 탈피하고 싶었다. 코로나가 기약 없이 장기전으로 이어가니까 나도 임계점에 이르렀는지 일상이 더욱 답답하게 느껴져 변신하고 싶었다. 마라톤 선수처럼 이제껏 나름대로 잘 달려왔는데, 최근 들어 더욱 간절해지는 이유는 뭘까.

매일 만나는 우중충한 회색빛 건물과 거리의 나목들은 자체로도 아름다움을 간직한 채 변함없이 서 있었다. 당연하고 자

나는 날마다 새날을 꿈꾼다

연스러운 모습이지만, 나는 체한 듯 가슴이 갑갑하기만 했다. 있는 그대로를 바라보지 못하고 왜곡하는 내 시선이 문제였음을 알아챘다. 항상 바이러스로부터 비껴가려고 부단히 노력하면서 자부심을 갖고 지내왔건만 나도 부지불식간 정신 건강에 영향을 받고 있었던 것이다. 마치 가랑비에 옷 젖는 줄 모르듯. 팬데믹 현상이 지속되면서 미진한 마음 관리가 얼마나 소홀했던가.

모처럼 햇볕이 화사한 오늘, 봄을 예보라도 해 준 것 같아서 밖으로 나갔다. 겨우내 움츠리며 기(気)를 펴지 못했던 내 몸의 관절들도 신이 난 듯 발걸음이 가벼웠다. 웅크린 어깨를 쫙 펴고 심호흡을 하니 온몸의 신경도 발끝까지 편하게 번져 왔고 근육들도 모처럼 나들이에 화답하듯 탱탱해졌다. 전신을 비추는 햇살은 또 얼마나 따스한지. 봄노래가 저절로 나와 흥얼거렸다. 긴 겨울, 고적한 마음의 해방감을 느껴서일까. 햇볕의 고마움을 절감하면서 거리를 걸었다. 생동하는 만물도 온통 생기(生気)로 세례를 받고 있는 듯 안온하게 다가왔다. 하늘도 유난히 투명했고 흰 구름도 한가롭게 흘러가고 있었다. 온 누리에 평화의 축복을 골고루 나누어 주듯.

어느덧 기분 좋은 하루의 귀갓길이다. 사람과의 만남 대신, 봄볕하고 만끽한 하루는 넘치는 감사로 채워졌다. 햇볕의 소중함을 체감하면서 무상으로 베풀어 주는 자연의 은총에 또다시 감사로 화답했다. 삶 자체가 얼마나 감동인데, 수시로 무감각하게 지냈던가. 지난날은 물론 지금도 내가 필요할 때만 감사를 하고 있었으니. 이기적인 나, 아직도 요원한 인격이었고 미성숙한 품성으로 사는 나를 연민해 보았다. 겨울을 탈출하고 싶어 분방했던 삿된 내 욕망이 부끄러워졌다. 만물도 저마다 삶의 방식으로 긴 휴식을 끝내고 새 생명을 탄생시키기 위해 준비하지 않던가. 지금 바이러스 상황을 우리가 조금씩 서로 인내하며 지내는 것처럼.

돌아보니 일체가 감사인데 알량한 이기심만 똘똘 앞세워 심기가 불편하다고 푸념하던 나, 간계한 내 마음을 자연 앞에서 이실직고하며 고백하고 싶었다. 때가 되면, 자연스레 시절 인연도 따라오고 가련만 뭘 그리 조급해하고 안달 나 하면서 푸념만 늘어놓았는지. 자연은 이미 따뜻한 햇살을 통해서 내게 경쾌한 음률로 찬란한 봄을 함께 춤추자 요청하지 않는가. 내게 찾아온 햇볕 한 줄기에도 이토록 행복을 느끼며 노래하듯.

아직도 기분 좋은 나들이가 긴 여운으로 남아 있다. 고마운 햇살에 호들갑 대신 의미 있는 봄맞이를 하라고 얘기하는 것 같다. 문득 봄의 아름다운 풍경이 내 안에 아지랑이 스멀대듯 몽실몽실 피어올랐다. 바람과 공기, 소리와 빛, 사람들의 발걸음과 옷차림으로 이미 봄이듯 따스한 감성조차도 가슴으로 스며들면서 행복을 느꼈다. 이런저런 봄 전령사들을 떠올리는 것만으로도 기분 좋아서인지, 차 맛도 더욱 감미로웠다. 계절의 축복에 감사했고 이 시간이 소중한 체험으로 귀하게 여겨졌다. 봄은 내 마음가짐 따라서 샘솟는 기쁨으로 춤을 추리라. 마치 희망 교향곡의 프롤로그처럼.

이젠, 습관처럼 성급하게 거창한 계획을 노트에 도배질하고 싶지 않았다. 하루 종일 빼곡한 일정으로 가득 채워야만 직성이 풀리던 나. 그것이 정신 건강에 치명적인 결함이라는 걸 뒤늦게 깨달았으니까. 성급하게 서두르는 것은 사유하는 힘을 앗아 갔고, 온갖 미성숙한 행동을 유발하기도 하니까. 주변 사람들을 떠올려 봐도 그랬다. 보기에도 바람직하지 않았고, 때론 달팽이처럼 사는 모습이 필요하지 않던가.

봄의 낭만에 도취하고 있을 때, 라디오에서 봄의 왈츠가 경쾌하게 흘러나왔다. 까마귀 날자 배 떨어진다고 하더니 어쩜 음악도 내 마음을 알았을까. 생각은 그만하고 어서 리듬을 타며 봄의 대열에 합류하자고 나를 부추기는 것 같았다. 내 가슴도 악기 선율 따라 일렁거렸다. 팔다리도 들썩이며 박자 맞춰 경중대며 춤을 췄다. 몸치인데, 혼자여서 다행이었다. 지금 이 순간 기쁨을 물씬 만끽하며 흥겹게 노는 무대가 봄을 통째로 선물 받은 듯 흥분되었다. 어느새 감미로운 소리 선율로, 등 뒤에 닿던 부드러운 햇살 촉감으로 봄을 느끼고 행복해하는 나. 기대했던 찬란한 나의 봄은 소박하고 자연스러운 경쾌함이 아닌가.

어제는 2월의 마지막 날, 왜 이다지 시간의 간격이 크게 느껴질까. 단 하루 차이일 뿐인데. 2월은 겨울, 3월은 봄이다. 장대높이로 멀리뛰기 하는 선수처럼 홀쩍 시간을 건너 뛴듯하다. 지루하다고 투정부렸던 겨울에게 미안함을 고백하는 마음의 작동이었는지 달력 그림은 3월의 연초록으로 바뀐 채 지인의 카톡 메시지도 꽃망울이 터졌단다.

금세 겨울이 물러갔고 새봄을 환호하듯, 골목길에서 귀여운 꼬마들도 조잘거리며 유치원 노란 버스를 기다리고 있었다. 저렇게 자연이 베푸는 은총을 모두가 누리고 있지 않는가. 나도 그 감사에 힘입어 더 경쾌하게 나의 봄맞이를 위해 온몸으로 춤추듯 맞이하리라. 무희들의 가락에 맞춘 리듬과 감출 수 없

나는 날마다 새날을 꿈꾼다

는 기쁨으로, 봄을 노래하는 춤꾼이고 싶다. 계절을 지키는 파수꾼처럼.

병실의 봄

바깥은 아우성이란다. 개나리, 목련, 벚꽃들이 푸른 하늘을 향해 기지개를 활짝 켜며 꽃망울이 터졌나 보다. 난리가 났으니 어서 구경을 하라고 야단스럽다. 그래서인지 하루가 멀다 하고 지인들로부터 보내온 카톡방엔 꽃 천지다. 붉은 꽃숭어리들이 허공에서 바람 타고 현란한 춤을 추기도, 한 뿌리에서 태어났지만 갈 길이 다르듯 벌써 땅에 떨어진 것도 보였다.

조용한 오후, 나는 팝콘처럼 팡팡 터지는 꽃과는 거리가 먼 병실에 있다. 콘크리트 건물 사이로 비스듬히 들어오는 햇빛을 봄 동무 삼아 아지랑이 따라 피어오르는 꽃길을 상상하며 연신 하품을 하면서 욱신거리는 육신을 바라보고 있었다. 마치 텅 빈 의자에 하릴없이 볕을 쐬고 비스듬히 누워 있는 처량한 길고양이 같은 모습이었다. 무슨 변고일까.

뜻밖의 사고를 당했다. 내가 이맘때쯤 봄바람 난다는 걸 바

나는 날마다 새날을 꿈꾼다

람이 알아채고 시샘한 걸까. 활개 치며 다니지 말고 정숙한 시간을 보내라고 경고했을까. 며칠 전 시장 가는 길, 피부를 스치며 살랑대는 봄바람에 도취되어 활기차게 걷다가 한눈판 사이 맞은편 노인이 끄는 손수레에 걸려 넘어지고 말았다. 앗. 충격은 번갯불에 감전되듯 순간 찌릿했고 앞이 캄캄했다. 말할 수 없는 고통이 엄습해 오더니 한 발짝도 움직일 수 없게 됐다. 노인은 어쩔 줄 몰라 당황하면서 얼른 병원에 가 보라고 주머니에서 꼬깃거린 지폐 몇 장과 연락처를 내 호주머니에 찔러 주었고, 인근 상인은 119 신고를 해 주었다.

구급차에 실려 간 응급실, 도저히 인정하고 싶지 않은 나였지만 그것은 현실이었다. 순간 사고가 생사 갈림길을 오갈 수도 있겠구나 하는 생각이 언뜻 스쳐 갔다. 머리가 아닌 슬개골 골절이어서 불행 중 다행이라 여겼지만, 꼼짝없이 우리 안에 갇혀 있는 동물처럼 나는 능동적으로 움직일 수 없었다. 내 병고에 대해선 일체 수동적으로 받아들여야만 했다. 통증이 심해 미세한 움직임에도 날카롭고 예민하게만 반응하고 있었으니.

신체의 아픔이 마음의 여유까지 앗아 가서인지 아무리 마음을 다잡아도 동통의 간극을 좀처럼 좁힐 수 없었다. 어처구니

없는 상황이 정신까지 잠식해 왔나, 통각만 작동하는 내 몸이었다. 통각도 이 시간 견디면 지나갈까. 내가 넘어진 순간, 무릎이 절단 났으니 아픔은 훨씬 더했을 텐데. 통증을 바라보며 내 마음을 고쳐먹기로 했다. 죽으면 죽으리라는 비장한 심정으로.

병상 생활을 시작하면서 같은 방 환우들 이야기에 깜짝 놀랐다. 이곳은 정형외과 병동으로, 관절 열상과 골절이 대부분이었다. 물기 있는 베란다에서 미끄러지며 넘어져 유리를 건드려 사고를 당한 사람, 길가 보도블록 공사 마무리 못 한 곳을 지나치다 발이 푹 빠져 다친 사람, 양상이 다양했다. 어이없다고 내가 넋두리했던 유사한 돌발 사고가 저들에게도 일어났다. 사는 것이 비슷하듯 이곳 사람들의 사고 경위도 순간에 발생하는 공통점이 있었다. 시간이 지나면서 수술 후의 통증과 불편은 까마득히 잊고 서로 어떤 경위로 골절을 당하게 되었는지에 대해 툭 터놓고 얘기하며 깔깔거리고 웃기까지 했다. 동병상련의 아픔이 우리를 한마음으로 따뜻하게 묶어 주는 것 같았다.

초록은 동색인가. 우리는 서로 위로하며 치료 과정을 지켜보면서 희망을 점쳐 보기도 했다. 얼마 후면 나도 저렇게 될 수

나는 날마다 새날을 꿈꾼다

있겠구나. 치료 계획을 나름대로 비교하며 희망을 예상해 보았다. 언제 어디서나 희망은 우리에게 설렘을 가져다주고 긍정 마인드를 심어 주는 것 같다. 아픔을 함께하는 공동체에 묘한 기운도 희망이 되었다. 외로운 별이 아닌 '함께'라는 행성 무리처럼 든든한 보루로.

마침 지인으로부터 희망적인 메시지가 왔다. 장자의 소요유(逍遥遊)란 글이었다. 병실에 심드렁하게 누워 있던 나는 눈이 번쩍 뜨였다. 그녀는 나를 위로하는 맞춤 메시지라는 토까지 달았고 여러 번 읽어 보니 참으로 내가 필요한 말이었다. 소(逍)자는 소풍 간다는 뜻이고, 요(遥)는 멀리 간다는 뜻이고, 유(遊)자는 노닌다는 뜻이었다. 즉 '멀리 소풍 가서 노는 이야기'다. 글자 어디를 뜯어봐도 바쁘거나 조급한 흔적은 눈곱만큼도 없었다. 삶은 목적지가 따로 있는 것 아니고 자체가 목적이기에 소풍처럼 즐기며 살아가라는 것이었다. 그러나 나는 반대로 평소 조급하게 나부대었으니 얼마나 어리석은 행동이었던가. 글을 읽는 동안 차츰 여유를 찾았다.

지인들에게서 위로 전화가 걸려 올 때, 나는 병원으로 잠시 소풍 왔다고 너스레를 떨며 응수했다. 병동 생활에 익숙해 갈 즈음이었다. 나이 들수록 치매와 낙상 사고가 중요하다는 애길 수없이 들어 왔는데 나도 낙상 사고를 당했다. 누구에게나 비껴갈 수 없는 사고임을 뼈저리게 느낀 현장 체험의 시간.

병실 생활은 바깥세상과는 무관하게 시계가 돌아가는 것 같았다. 나는 지금 회색 건물 틈 사이 비집고 들어오는 햇살 한 줌에 기대어 봄을 보내고 있다. 갇힌 나의 봄, 통과 의식쯤으로 받아들여서일까. 덧붙여 나를 환기시키는 이름 하나 명명하며 봄을 기억하고 싶어졌다. 임인년 3월의 시간은 병실의 봄으로.

종소리의 묘약

댕그렁댕그렁, 지금도 귓가에 쟁쟁하게 울린다. 새벽을 깨우는 예배당 종소리. 희미하게 들려오는 소리를 좇아 졸린 눈 비비며 귀 쫑긋하던 어린 날, 가끔 여음이라도 챙겨 들을라 치면 어느새 잔상만 남긴 채 사라져 아쉬움이 컸다. 상들은 묵으면서 세월의 두께처럼 발효하며 쌓여 가나. 시간이 훌쩍 지났는데도 불구하고 아직도 내 안에 깊은 정서로 자리하며 흐르고 있다. 종소리의 울림은 묘약처럼 그리움을 동반한다.

추억을 소환하는 찐한 형용 어구 하나쯤 누구나 간직하고 있듯 나에게도 그런 단어가 있다면 그리움이다. 깊은 산골 마을, 동틀 무렵 잔잔히 울려 퍼지던 소리가 생애 최초 그리운 감각을 일깨워 주었으니까. 주일 학교에 다니던 시절, 종탑에서 종을 치던 종지기 아저씨 모습이 지금도 역력하다. 그가 긴 밧줄을 힘껏 오르락내리락 잡아당기면 종소리는 일정한 리듬으로 뎅뎅 울리면서 우렁차게 허공을 가르고 아지랑이처럼 퍼져 나갔다. 그 소리와 모습은 구도자를 연상시키면서 하늘 문을 여는 청지기처럼 거룩하게 보였다. 우리는 신나게 놀다가 예배 시간임을 확인하고 달려갔다. 이제는 우뚝 솟아오른 십자가 종탑이 사라져 아쉬운 풍경이지만 마음이 신산할 때면 무의식중에 제일 먼저 떠오르니 그것은 종교적인 신성한 원초적 힘을 내포하며 발휘하고 있는 것 아닌가.

우리 집 벽에는 밀레의 만종 그림이 붙어 있다. 취미로 그림을 그리는 남편에게 특별 주문했다. 오래전부터 알았던 화가의 그림은 힘든 마음을 흡족하리만큼 위로해 주고 있어서다. 원인 모를 고적함이 몰려올 때나 시큰둥한 날이면 더욱 위안을 받는 그림. 심리적인 치유 효과를 얻는 동인은 무엇일까 곰곰이 생각해 보았다. 어릴 적 예배당 종소리와 추수한 들판에 서서 기도하는 부부의 소박하고 경건한 모습이 오버랩 되었다. 화가는 하루 3번 종소리를 들으며 기도를 했다고 한다. 그의 그림에서 절제된 신성을 느껴서인지 작품을 대할 때면 깊은 울림이 저절로 우러나와 숙연해진다. 그 울림은 내 영혼을 적셔 주는 표상이 되어 나에게로 전이된다,

예술은 같은 감성으로 교감이라도 하는 걸까. 가끔씩 시인

들의 시를 읽다 보면 곧잘 사찰 풍경 소리를 찬미하며 묘사하는 걸 보았다. 소리는 인간의 오감 중 감성을 건드리는 최고의 감각인가 보다. 문득 고향의 아침이 생각난다. 한창 새마을 운동이 전개되던 시절, 가난을 탈피하고자 농촌 재건을 위한 노랫말이 떠올랐다. "새벽종이 울렸네. 새 아침이 밝았네." 우렁찬 구호로 결기를 다짐하며 부르던 노래 아니던가. 종소리는 희망을 품고 때론 은유로 상징되면서 우리 곁에 에너지를 북돋아 주는 등대 같은 존재처럼 비친다.

이제 그가 들려주는 진정한 메시지의 의미를 조금은 알 것 같다. 점점 작아지며 사라지는 소리의 여운, 그 여운에 비례해 유한한 시간 속에 해가 갈수록 이울어 가는 나의 정체를 견주어 본다. 그리고 영원 앞에 바람 같은 나그네의 존재를 떠올리며 소중한 생을 값지게 살아야겠다고 다짐해 본다.

희로애락에 부대끼고 우왕좌왕 흔들리며 살고 있는 나를 일깨워 준 은은한 종소리. 이제는 감정에 휘둘리지 말고 여여하게 삶의 탑을 차곡차곡 쌓아 가는 시간이라고 속삭인다. 달뜨지 않고 나지막이 퍼져야겠다. 하루의 시작과 마감이 울림의 묘약이 되도록. 종소리가 귓전으로 들려온다.

가슴에 품은 안부

하루가 다르게 느껴지는 바람결. 여름은 언제 떠났는지. 뜨겁다고 투덜댄 사이 훌쩍 떠났을까. 조석으로 부는 바람은 다가오는 계절을 예고하듯 선득선득하다. 매일 다른 파란 하늘빛으로 감성이 충만해 가는 요즘, 나는 벌써 며칠째 푸른 하늘로 한가로이 흘러가는 흰 구름을 바라보며 감탄사를 연발한다.

무엇을 잃어버렸나. 허전한 마음이 자꾸 따라와 호주머니 속을 만지작거린다. 텅 빈 주머니 속에 뭔가 잡힐 듯하다. 지난여름 땀을 닦아 주던 작은 손수건과 수첩이 금방이라도 손에 닿을 듯하다. 함께 나눈 온정도 삶의 잔영으로 다가오는지 그리운 추억을 소환한다. 떠나보낸 시간이 애달프다. 뭔가 정체불명의 알 수 없는 것에 대한 연민으로 뒤돌아보고 싶은 여름 기억들. 곰곰이 생각해 보니 살면서 정작 제일 중요한 나의 안부를 놓친 사실이 허허롭게 떠오른다.

　　　　　　　　　나는 날마다 새날을 꿈꾼다

천상천하유아독존이란 말을 신념처럼 여기며 바쁘게만 나부대었다. 단 한 번 주어진 삶이기에 내 존재 가치를 의식하고 담금질하면서. 그런데 공허함이 불쑥불쑥 찾아오는 것 아닌가. 분주하게 살았지만 정작 내면의 나를 돌보지 못하고 외도를 하며 겉치레로 살았음을 뒤늦게 알았다. 마치 내가 미처 알지 못한 사이 아날로그에서 디지털로 시대가 바뀌어 있듯. 유아독존도 빛바랜 사상누각이었음을 깨닫게 된다.

새롭게 아침을 맞았다. 어제와 변함없이 해는 떠오르지만 오늘은 기필코 색다른 분위기로 나를 의식하며 살아야겠다. 잠자리에서 눈을 뜨면 일어나기 싫어 멀뚱하게 눈망울만 굴리며 꾸물대던 습관부터 고치리라. 이유와 조건 없이 무조건 행동부터 먼저 하자고 다짐하면서 벌떡 일어나 서재에 앉았다. 동살이 잡힐 무렵, 사방은 고요함으로 가득하다. 조용한 침묵이 시나브로 스미면서 충만한 가을 기운이 온몸을 감싸 왔고, 가슴도 촉촉해졌다. 나와 조우한 시간, 나를 향한 진정한 만남이었다. 오랜만에 묻는 안부, 얼마나 이런 시간을 간절하게 고대했던가.

돌이켜 생각해 보니 반백 년이란 시간이 훌쩍 지났다. 불현듯 고인이 되신 추기경님 말이 뇌리에 스친다. 사랑이 머리에서 가슴으로 내려오기까지 칠십 년 걸렸단다. 가슴을 여는 것이 얼마나 어려운 일인지 유추해 보며 자신을 묻고 사는 일 또한 이것 못지않을 만큼 요원한 일임을 떠올렸다. 하지만 그럴수록 매일 내 안에 의식을 챙기면서 살아야 한다. 그것은 삶의 결과물로 나타날 테니까.

벌써 희망찬 아침을 예고하듯 사방이 훤하다. 굴절된 빛이 윤슬처럼 반짝거리며 마음까지 투과해 가슴을 벅차오르게 한다. 빛나는 태양, 자연이 주는 황홀한 축복으로 하루를 멋지게 살고 싶다는 의욕이 저절로 인다. 희망을 배달해 주는 눈부신 아침의 특권, 설렘으로 출발하는 인생의 봄처럼 기쁨의 엔도르핀이 샘솟는다. 머리 위로 쏟아지는 찬란한 태양이 마치 안부를 묻는 것 같다.

어느덧 휴대폰에도 많은 문자들이 와 있다. 하루를 시작하는 고마운 작은 안부들. 어제처럼 똑같이 전달받은 메시지이지만 오늘은 느낌이 새롭다. 수상하다. 아무리 훑어봐도 상황은 그대로인데 어제와 다르게 느껴지는 문자의 감도. 아하, 마음을 닫은 채 습관대로 보던 안부였음이 머릿속에 스쳐 간다.

이번 기회에 나에게 보내 주는 지인들의 안부를 진지하게 생각해 봤다. 비록 손가락을 이용해 누르는 버튼은 바람의 속력 이상으로 빠르게 주고받지만, 마음이 없으면 불가능하지 않던가. 나에게 묻는 안부가 나를 깊게 성숙시켜 주는 만큼, 지인들의 안부 또한 고마움을 잊지 말라는 내 안의 목소리를 들었다. 가교 역할을 하는 안부의 진정한 의미를 가슴으로 체화하며.

안부를 묻고 사는 일, 그것은 삶을 품어 안는 일이며 나와 우리의 가슴을 여는 도화선 역할이다. 더 나아가 온 누리를 평화로 채워 줄 것이다. 살갗에 스치는 바람이 차고 하늘은 눈이 부시도록 푸르다. 옷깃을 여미면서 투명한 하늘에 염원해 본다. 가슴에 품은 나의 안부가 은하수까지 닿길 기원하면서. 깊어 가는 밤, 내 머리 위에 북극성이 영롱하게 비추고 있다.

송년

십이월이 중순으로 접어든다. 송년을 보내는 하루들이 어느때보다 자못 조심스럽고 살얼음을 걷는 것 같다. 바이러스와의 전쟁은 언제쯤 끝날는지. 저들이 송년을 보내는 마음의 여유까지 빼앗아 가는 듯하다. 미생물의 질투일까. 마지막 달력을 바라보는 심정이 묘한 여운으로 다가왔다. 이때만큼 시간 의미를 깊게 사유해 본 적이 또 있을까. 똑같은 시간인데도 송년의 시간은 마치 애틋한 사연을 싣고 떠나는 기차 같다. 모든 사람들이 이구동성으로 느끼는 공통 심정이 아닐는지.

이맘때쯤 사람들 정서도 한마음이 되는 듯하다. 매스컴도 같은 목소리를 내고 묵은해를 청산하며 보내려는 듯 연말 분위기를 한껏 고조시켜 주고 있지 않던가. 재야의 은은한 종소리 울림 따라 함께 카운트다운 하면서 송구영신 의식을 생중계하고, 방송사들도 한 해의 결산과 새해의 상서로운 기운을

나는 날마다 새날을 꿈꾼다

기원하며 화려한 생방송을 내보낸다. 즈믄둥이 시대가 열렸다고 떠들썩했던 때가 생각난다. 새천년이 도래했다며 홍분했던 이천년의 시작점, 그러더니 얼마 안 되어 또 다른 이름의 세대들이 뒤를 이었다. 밀레니엄과 Z세대로, 또 어느 때부터는 MZ 세대라고 부르고 있어 혼돈스럽기도 했다. 눈 깜짝할 사이에 신세대의 신조어가 우후죽순 생겨난 것처럼 느껴졌다. 세대 간 이동이 마치 급류의 소용돌이를 보는 것 같았다. 아날로그 세대인 나는 시대 변천의 흐름을 따라가기가 버거웠다. 게다가 뜻밖의 코로나까지 덜컥 만나고 보니 더욱 혼란스러운 시간을 보내고 있다. 송년은 사회 민낯 그대로를 투영하며 저물어 가는 고별 현장 같기도 하다.

연말이 되면 강추위가 따뜻한 마음을 불러내서일까. 자선냄비 앞에 선 구세군들의 목소리가 떠오른다. 빨간 불빛으로 보이는 사랑의 온도 탑을 거리에서 보면 마음이 저절로 푸근해진다. 아직도 따뜻한 이웃이 많아 살 만한 세상을 살고 있다는 안온함을 느낀다. 이 시기의 자선은 더욱 각별한 의미를 부여해 주는 것 같다. 삶의 나이테 하나를 더해 주고 성숙해 가는 시간으로 느끼기에. 결핵협회 씰, 김장 나누기, 소외된 어려운 이웃 돌보기도 이맘때 이루어지고 보니 송년은 인간의 원초적 감성을 불러 주는 시기가 아닐까.

이때쯤이면 나도 자신을 향해 질문을 한다. 내 삶을 진정하게 살고 있는지 가늠해 보며 가족과 이웃을 위해 사랑으로 대하며 살고 있는지 성찰하고 되돌아본다. 느낌표처럼 살았던 시간은 얼마나 될까. 송년이란 단지 나이 한 살 먹으며 지나가는 터널일 텐데 부쩍 나를 성숙시켜 주는 것 같다. 마치 청소년이 성년 의식을 치르는 순간 성인으로 한 단계 품격을 올리며 살아야 한다고 예고하듯.

이젠 시대의 흐름 따라 송년 문화도 바뀌어 가는 것 같다. 성탄절과 연말 거리의 화려한 풍경들이 사라졌다. 대신 집집마다 트리를 만들어 가족 중심의 정서를 만들고 있으니 그나마 다행인 것 같다. 나도 12월만 되면 으레 하는 연례행사다. 이렇게라도 해야 송년을 거룩하게 보내고 묵은해와 새해에 대한 예의를 갖춘 듯하니까. 손주도 산타할아버지로부터 받을 선물을 잔뜩 기대하고 있었다. 이때쯤엔 종교와 상관없이 누구나 동심으로 돌아가고 싶은 심정이리라. 초라한 말구유에 태어난 예수가 사랑으로 인류를 구원했듯 모든 사람들이 사랑으로 따뜻한 연말을 보내길 소망해 본다. 성탄 의미를 묵상하는 송년 되도록.

나는 날마다 새날을 꿈꾼다

올해도 보름여 시간을 앞두고 있다. 활기 넘치고 생기 가득한 거리 모습은 어디에서도 찾아볼 수 없었다. 대신 하얀 천막이 을씨년스럽게 오도카니 서 있다. 고층 빌딩 속의 천막이 아이러니한 현실을 말해 주는 듯 가슴이 서늘하다. 겨울 추위보다 더 혹독한 시린 마음으로 송년을 보내고 있다. 하얀 천막 앞, 사람들은 긴 줄을 이루며 띄엄띄엄 거리를 두고 묵묵한 표정으로 서 있다. 마치 죽음의 묵시록을 연상케 하여 마음이 스산해진다. 언제까지 알 수 없는 바이러스 정체에 휘둘리며 살아갈까. 한동안 잠잠한 듯했는데 새로운 변종이 나타나 기승을 부리니 마음이 심란하다. 지금은 미생물과 전쟁을 하고 있으니 송년이란 이미지도 이젠 상상 속으로 떠올리며 보내야 할는지.

그래도 견디고 참으면 희망의 날이 도래할 것이다. 모든 미물들도 땅 아래서 겨울잠을 자며 새봄을 준비하듯 찬란한 새봄을 꿈꾸면서. 이것 또한 지나갈 것이리라는 교훈을 떠올려 보았다. 어려운 시절을 지나는 요즘 더욱 지혜를 발휘해야 하는 시기인 것 같다. 나 역시 주어진 여건을 그대로 순응하면서 내실 있게 살아야 한다. 그동안 겪었던 시행착오를 반복하지 않고 새로운 내가 되길 바라며. 어수선한 분위기에 휘둘리지 않고 어느 때보다 차분하게 보내라는 송년의 숨은 뜻을 찾았으면 좋겠다.

세월의 무상을 깨닫게 하는 세모. 태양의 주기율 따라 시간은 똑같이 흘러갈 텐데, 유독 연말의 시간 흐름이 경외하게 느껴진다. 마치 히말라야산 정상에 우뚝 선 독수리의 고고한 모습처럼 말이다. 작년 송년을 떠올려 보았다. 기억이 전무하니 대충 보낸 것이었다. 올해는 답습하지 않으리. 이 시간을 진지하게 보내야겠다고 결심해 보았다. 내 인생은 내가 만들어 가기 나름이니까. 내 삶의 한 획을 긋는 의미로 다짐하면서.

마음속 깊숙이 품었던 생각을 실천해 보리라. 새해를 보람 있게 보내는 방법을 구상해 보았다. 가족이 모여, 송년을 보내고 신년을 함께 맞이하자고. 한 해 동안의 고충도 나누고 신년 계획도 들으며 새해 인사와 덕담을 하면서 보내는 것이 의미 있다고 생각했다. 이때 가족 만남은 여느 때 만남보다 특별한 의미 전달을 더 해 줄 테니까. 가족의 미풍양속으로 세워지길 희망해 봤다.

이젠 살얼음판 건너듯 올해 시간이 서산으로 넘어가고 있다. 저물어 가는 한 해, 마무리를 고심해 보았다. 통속처럼 흘려보낸 아쉬운 시간들을 돌아보며 생각을 전환해야겠다. 하루를

나는 날마다 새날을 꿈꾼다

마지막 날이라고 염두에 두며 일상을 챙기고 의식의 날을 세울 것이다.

이참에 나의 하루를 명료하게 인식해 보았다. 글쓰기와 운동, 취미 생활이 주춧돌처럼 내 근간을 이루어 갔다. 송년의 터널을 지나는 요즘, 병목 현상은 없는지 재확인하며 차분하게 나의 길을 걸어가리라 다짐을 해 보았다. 삼각형의 숫자가 안전판 역할을 해 주듯, 내 삼박자의 공간 안에서 알차게 이어가길 소망해 본다.

창밖은 차분한 날씨다. 바람 한 점 없이 맑고 투명한 푸른 하늘이다. 저 멀리 창공을 바라보니 송년의 메시지가 허공에서 귓전으로 들려오는 듯하다. 나는 삼박자의 리듬으로 내 삶의 조화를 간절하게 염원하고 있었다.

* 밀레니엄 세대: 1980~2000년 사이 출생
* Z세대: 1990년 중반 ~ 2010년 초반 출생 (현재 10세 후반~20세 초반)
* MZ세대: 밀레니엄 세대 와 Z세대를 합침 (SNS 기반 세대)

5장

문학의 열매

글쓰기의 첫걸음

온통 산야가 만산홍엽이다. 코로나로 미뤄졌던 작가 등단식을 참석하려고 남산 자락에 위치한 문학의 집 언덕길을 따라 걸었다. 비단 융단처럼 깔린 화려한 가을 길, 이맘때쯤엔 누구나 초대받는 축제 마당을 걷듯 계절의 정취로 넘실거린다. 고개 들어 사방을 둘러봐도 콘크리트 건물 사이로 보이는 수채화 풍경은 감동 자체다. 자연은 무상으로 선물을 골고루 나눠 주면서 지금이 행복한 시간이라고 말해 주는 것 같다.

나이가 들수록 자연과의 동행이 고맙고 몸과 마음도 더욱 성숙해 가는 듯하다. 산길을 걸을 때 가슴에 스며드는 맑은 공기는 예전과 달리 느껴졌다. 어찌나 달콤한지, 마음은 마치 하늘을 나는 것처럼 가벼워졌다. 불현듯 사계절 베푸는 자연 혜택이 큰 선물처럼 느껴진다. 봄의 싱그러움과 여름의 땡볕, 가을의 상념과 겨울의 그리움. 절기마다 내가 느끼는 감정 조각들을 떠올리니 행복 자체였고 일체 감사뿐이었다. 대가 없이 묵묵히 몸소 행동으로 보여 주는 저들은 영원한 나의 스승이 아닐까.

최근에 산책 인구가 부쩍 늘었다. 여럿이 걷는 길도 좋지만 나는 혼자 걸을 때가 많다. 생각을 놓치고 허둥대며 살다가 오롯이 나를 만날 수 있어서다. 이번 계절은 나에게 각별한 의미로 다가왔다. 지금껏 써 왔던 글들이 결실을 맺어 등단이라는 이름으로 첫 발자국을 떼었기 때문이다. 마치 소풍 가는 아이가 손꼽아 기다리듯 나도 이날을 학수고대하며 기다리지 않았던가.

특별한 오늘이기에 나 자신을 위한 이벤트를 궁리해 보았다. 생각만으로도 벌써 마음이 달뜨고 흥분되었다. 갈수록 감수성이 메말라 가고 있는 나였기에 이번 소식은 마치 오래도록 기다린 단비처럼 반가웠다. 모처럼만에 옷장의 외출복을 찾아 입어 보았다. 전신 거울 속 까만 정장 차림의 내가 낯선 사람처럼 느껴졌다. 몸을 옷에 맞춰야 할지 옷을 몸에다 맞춰야 할지, 체형도 변해 가고 있었다. 그래서일까. 요즘 감정도 부쩍 출렁거렸다. 아마도 심신을 돌보며 살아가라는 메시지처럼.

모든 것은 세월 따라 변하며 사라질 것이다. 하지만 글만은 남아 있지 않을까. 나는 이런 흔적을 남기며 성찰하고 싶었다. 이것만큼 보람으로 이어지는 것이 없다고 느끼니까. 나는 성미가 급했고 '빨리빨리'라는 근성의 유전자를 누구보다 많이 받고 태어난 것 같다. 하지만 글을 쓰는 동안만큼은 나도 모르게 천천히 내면세계에 들어가 혼란한 내 정서를 정리해 갔고 정체성을 확인할 수 있었다. 또 이것은 삶을 관조하면서 살아야 한다는 원칙도 알게 해 주었다. 언제나 이 일은 어렵게 느껴지지만 내가 극복하고 나가야 할 숙제이기도 하다.

문학관 시상식 장소는 고즈넉한 가을 분위기로 가득 찼다. 울긋불긋 물든 고운 단풍나무가 입구에서부터 온몸으로 우리를 축하해 주는 듯했다. 붉디붉은 색깔이 금방이라도 빨간불을 당길 것처럼 눈길을 끌었고 탄성이 저절로 튕겨 나왔다. 많은 축하객들에 둘러싸여 사랑을 듬뿍 받고 있는 나무가 유독 눈에 들어왔다. 껴안고 기대어 입맞춤하고 제각각 포즈를 취하며 사진 찍기에 여념이 없는 사람들. 만인의 사랑을 받는 나무가 부러워 한동안 물끄러미 바라보았다. 그가 글감에서 단골 메뉴로 빠지지 않는 이유를 알 것 같았다. 나무는 한결같은 사람으로 살아가라는 교훈을 몸소 알려 주고 있었으니까.

식순에 따라 분위기는 고조되어 갔다. 문단 선배들의 축사와 격려사는 초보인 나에게 많은 귀감이 되었다.

"이 길을 걷는 것은 보람이 큽니다. 그러니 열정 지수를 높여 가세요. 좋은 글은 자신은 물론 타인의 영혼을 위로해 주며 따뜻한 사회를 만들어 갑니다."

나는 이 말이 가슴에 와닿았다. 영원히 남을 수 있는 글의 위대한 힘을 다시 실감해 보는 순간이었다. 호랑인 가죽을 남기고 사람은 이름을 남긴다고 했듯이.

시상식을 하는 동안 지나온 시간들이 스쳐 갔다. 글쓰기는 힘든 작업이기도 해서 어려움이 많았지만, 반면 보람을 느꼈고, 쓰면 쓸수록 내 영혼의 근육도 단단하게 단련되어 갔다. 마음을 키우는 데 글쓰기만큼 중요한 것이 없을 것이다. 펜은 무기보다 강하다는 말이 떠오른다. 그 어떤 무기보다 단단한 힘이 글이라는 걸 말하는 것 아닐까.

지금 나는 첫걸음을 떼었지만 오늘을 발화점으로 매진하면서 제2의 인생을 살아가야겠다고 다짐했다. 글을 쓰기 전과 후의 내 모습이 달라져 가고 있었으니 말이다. 누가 나를 변화시킬 수 있을까. 철옹성처럼 굳어진 잘못된 습관을 고칠 수 있는 것은 글쓰기뿐이라고 생각한다. 그것은 아름다운 삶으로 나를 이끌어 주고 성찰해 주기에 꾸준히 전진해야 하는 이

유이기도 하다. 마치 보이지 않는 공기를 숨 쉬며 살아가는 것
처럼.

요즘 요가를 하고 있다. 처음으로 하는 운동, 그것은 내 글
쓰기만큼 힘들다. 사용하지 않고 잠자던 근육을 찾아 펼치고
늘리며 이완시키면서 몸을 회복해 가고 있는 중이다. 과정이
지난한 것은 글쓰기와 비슷한 것 같다. 만만치 않은 힘든 과정
이 펼쳐지겠지만, 넘어야 할 산이다.

산책길에 나섰다. 세찬 바람이 획 불어와 떨어진 낙엽들을
어디론가 데려간다. 고개 들어 나무를 바라보니 앙상한 가지
만 있었다. 생물의 한 생을 떠올리며 내 글쓰기를 비유해 봤
다. 어린 묘목이 성목이 되는 것, 갓난아기가 어른으로 자라는
과정들은 자신의 가치를 최선으로 이끌어 가는 것이리라. 나
또한 이런 노력을 하며 최선을 다해야겠다. 희로애락으로 펼쳐
지는 나의 이야기를 성찰하며 기록하는 것은 내 존재 가치로
빛날 수 있을 테니까.

곁에 랩톱이 눈에 띈다. 수시로 이곳에서 글을 써야 한다는
듯 내 눈길을 붙잡는다. 그렇다. 어느 작가도 이야기했다. '무조
건 써야 한다고, 닥치고 써라!' 이 말이 어느 때보다 큰 울림으
로 다가왔다. 그것이 진정 내가 가야 할 길이 아닐까? 나는 어

느새 첫걸음을 떼는 아이처럼 랩톱을 연다. 무조건 한 발 내디
뎌 본다. 오늘도 그렇게 써 내려 간다.

* 랩톱: 무릎 위에 올려 놓고 쓰는 컴퓨터

작은 의자의 소망

작은 서재에서 아침을 연다. 나의 분신들이 첫인사를 건네는 듯 익숙하고 정답다. 매일 접하는 그들이건만 어느 날은 특별하게 내 눈을 확 끌며 마음까지 사로잡는다. 이방인처럼 새로운 시선으로 방안을 기웃거려 보았다. 책과 공책, 온갖 필기구들이 제멋대로 나뒹굴어 있었지만 제자리에서 한결같이 나를 받아 주는 것은 의자였다.

그는 언제나 나를 편하게 지지해 주는 동반자였다. 무거운 내 육신을 투정하지 않고 온전하게 온몸으로 받아 주었다. 항상 한자리에 머물며 베풀고 있지만 나는 고마움도 외면한 채 당연하게 여기며 그를 잊기 일쑤다. 감사는커녕 아예 투정까지 부리면서 옛정을 헌신짝 버릴 듯한 기세로 기회를 엿보기도 했다. 인간의 마음이란 어디까지가 진실일까. 그는 수십 번 인내하며 나를 바라보는 것 같다. 나는 가만히 눈을 감고 의자의

나는 날마다 새날을 꿈꾼다

목소리에 귀를 기울이고 한참을 서 있었다. 잠시 후 나지막한 목소리가 들리는 것 같았다. 의자가 내뱉는 독백이었다.

　항상 불평만 해 대는 철없는 내 주인이 가엾다. 이젠 문명이 발달하며 새로운 것들이 출몰했으니, 더 편안한 것으로 길들여 살아야 한다면서 멀쩡한 나를 없애려고 하나 보다. 어쩌랴, 이것도 나의 운명이라면 순응할 수밖에. 나는 주어진 나의 사명을 감당하면서 살면 그뿐이리라.

　내 주인뿐 아니라 인간들은 한결같이 그렇게 생각하는 것 같다. 힘들다고 오래 서 있을 때는 어떻든 귀한 대접을 받아 왔는데. 이젠 살 만하니까 푸대접을 하는 것 같다. 웬만큼 만족시켜 주지 않으면 나를 외면하니까. 솔직히 말하면 잘사는 것이 싫다. 가난하던 시절, 나를 끔찍이도 대접하며 애지중지해 주던 추억이 그리워진다. 어릴 적 어른들은 자식들을 공부시킨다며 우선적으로 나를 챙기지 않았던가. 튼튼한 나무 친구들을 모아 사포와 끌로 수십 번 문지르고 기름칠하고 닦아 가며 톱과 망치로 토닥토닥 만들어 나를 빛내 주었다. 이때만큼 가장의 존재가 위대해 보일 때가 없었을 것이다. 세상에서 아버지가 최고라고 대우받았을 것이고 나 또한 후광으로 번듯하게 태어나 온 세상을 얻은 듯 보람을 느꼈다. 그땐 자부심 가득 어깨도 으쓱으쓱했는데. 이제 여간해서는 성에 차지 않나 보다. 거들떠보지 않는 것 같으니까.

길거리에서 나와 비슷한 친구들을 보았다. 사람들이 앉아 있는데 분명 나와는 태생이 달랐다. 하기야 뭐가 대수람. 사람이 앉기만 하면 그뿐이지. 은근히 부아가 나 몽니를 부렸다. 빨갛고 파란색의 알록달록한 플라스틱 가짜 의자들이 진짜 행세를 하는 것이 못마땅했다. 길거리에 널브러져 있어 함부로 대하며, 심지어 어떤 사람은 발로 툭툭 차고 간다. 내 자존심은 한없이 추락했고 의자라는 이름의 한계를 생각해 봤다. 온갖 수모를 당해도 숙명처럼 여기며 살아야 하나 보다. 나뿐만 아니라 내 친구들인 책상, 수납장, 생활 공간에는 온통 플라스틱으로 넘쳐 난다고 방송을 해 댄다. 유해 환경 물질이라면서. 값싸고 편리하다며 마구 쏟아 놓더니 이젠 공해 물질이라면서 타박한다. 인간 욕망이 어디까지일까 궁금하다. 너무 풍부해서 소중한 것도 잊어버리니 마음의 병폐가 만연한 것 같다. 나도 쓸 만한데 쉽게 버림받고 있으니까.

이젠 내 존재를 탓하지 않겠다. 본연의 이름값 역할만 충실하게 하고 싶다. 나를 필요한 곳에 쓰임새 있는 역할을 하면 그뿐이리라. 피곤하고 힘든 사람에게 우선 다가가 기꺼이 내 한 몸 희생할 줄 아는 아량을 베풀고 싶다. 그들은 안락함을 절실히 느낄 테니까. 어린이에게는 안전을 담보하는 보조 친구로, 청소년에겐 지구력을 받쳐 주며 공부하도록, 사장님들에겐 사업이 술술 돌아가게 해 주는 역할까지, 품격에 어울리는 내 가치로 날개를 달아 주고 싶다. 언제 어디서든 나는 그들의 진정한 보금자리가 되길 희망하면서.

어느 날 내 정체를 생각해 보았다. 다행히 인간들에게는 나의 쓰임새가 두루두루 차고 넘치는 것 아닌가. 요즘 부쩍 나의 중요성을 부각시켜 가며 내 친구들을 만들어 주고 있으니까. 길거리, 숲속이나 병원, 사람들이 살아가는 어느 곳이나 내가 받쳐 주고 있어 큰 자부심이 느껴지고 살맛 난다. 인간에게 도움을 주는 나로 태어났으니. 그래서인지 나를 좋아하는 사람들은 내 진가를 알아보고 칭송까지 한다. 편안하고 아늑하며 제 기능을 다한다고. 내가 진정 듣고 싶어 하던 이야기지만.

나는 아무래도 상징하는 존재일 때 더 빛나는 것 같다. 가끔 내 칭찬을 하는 사람들이 있으니까. 각별한 의미를 붙여 주며 바라봐 주니 기분 좋다. 그중에서도 내 유명세는 '조병화' 시인의 의자다. '지금 어드메쯤 몰고 오는 분이 계시옵니다. 그분을 위하여 묵은 의자를 비워 드리겠습니다'라고. 내가 외롭고 힘들 때 위로받았는데 사람들도 그런가 보다. 누군가를 위해 나를 내어 주고 물려주는 일. 이 시만큼 나를 자부심 있게 도와주는 것은 없으리라.

우리는 이 세상에 왜 왔는지 아무도 모른다. 그저 신의 부름대로 역할 찾아왔을 테니까. 나는 '의자'라는 이름을 갖고 왔다. 헤아려 보니 내가 하는 일은 부지기수다. 때론 이름도 없고 빛도 없는 존재처럼 사람들이 하찮게 여기기도 하지만. 나는 내 역할에 만족한다. 우선은 사람들에게 편안한 휴식을 줄 테고, 건강까지 챙겨 줄 수 있으니 그것만으로도 이름값은 했으리라.

아침을 몰고 오는 의자. 지금까지 나를 쭉 지켜봤던 목격자. 그를 물끄러미 바라보았다. 시인의 속 깊은 이야기가 내 가슴속으로 들어왔다. 먼 옛날 선조들의 삶을 내가 물려받았듯이 나 또한 자리를 비워 주며 내주어야 한다고. 그것은 작지만 아름다운 삶을 가꾸면서 살아야 할 나의 여정이라고. 누군가로 오는 미래의 그분을 위하여 '작은 의자'가 품었던 소망을 가진 사람이고 싶었다.

나는 날마다 새날을 꿈꾼다

미소의 힘

미소란 아름다운 마음 상태다. 그것은 얼굴을 환하게 밝혀 주고 마음에 온기를 품어 준다. 항상 잔잔한 미소를 띤 얼굴을 만나거나 생각나게 하는 사람은 얼마나 행복한 여운을 남겨 주는가.

손주들 중 유독 막내 모습이 잊을 수 없다. 뽀얀 얼굴에 젖내 나는 향을 간직한 어린아이의 고유함도 있지만, 그만큼 웃는 아이를 보지 못했기에. 별명을 미스터 스마일이라고 지으며 평생토록 별칭처럼 웃고 살길 간절히 염원했다. 시종 훤하게 웃는 어린아이의 천진한 눈망울과 얼굴 근육들, 깔깔대며 소리라도 지르며 웃을 때면 천국이 따로 없구나. 생명의 환희는 웃음꽃으로 피어나는지. 나의 어린 시절도 그랬을까.

학창 시절 미술 선생님이 생각난다. 인상파 선생님이다. 그분은 언제 봐도 심각한 얼굴로 웃는 것을 못 봤다. 나는 미술과 같은 예술을 하는 사람은 남다른 개성이 있어야 하나 보다, 여기기도 했었다. 석고상의 인물처럼 때로는 고고한 것 같기도 했고, 뭔가 그럴듯한 보헤미안 분위기를 매력으로 동경하기도 했다. 내가 잘 웃는 편이어서 속으로 부러워하며 흉내를 내 본 적도 있었고 심각한 척도 해 봤다. 천성을 바꿀 수 없었는지 노력해도 말짱 도루묵이었다. 아버지는 가끔씩 여자가 너무 헤프게 웃으면 안 된다며 주의를 주기도 했지만, 말똥만 굴러가도 웃는다는 사춘기의 예민한 감수성을 숨죽이며 살아가야 한다는 것은 여간 고역스러운 일이 아니었다. 타고난 걸 어찌하랴. 부모님 말씀대로 살아가려고 한동안 무진 애를 써보기도 했다. 웃음기 없는 얼굴이 요조숙녀의 대명사라도 되듯 착각하면서.

그때 굳어진 얼굴 표정은 생각할 겨를도 없이 내 청춘도 바쁘게 흘러갔다. 돌이켜 보니, 얼마나 오래 가부장제도 아래서 살아왔던가. 감정을 맘대로 발산하지 못하고 살았던 시간들. 사람은 어디서 누구를 만나며 사는지에 따라서 큰 영향을 받는 것도 깨달았다. 나도 우리 가풍의 정서 속에 흘러가며 나를 형성했으리라. 몸과 마음의 본성을 누르며 또 다른 나를 드러내면서까지.

나는 날마다 새날을 꿈꾼다

가끔, 대리 만족이라도 할 양으로 코미디 프로를 즐겨 봤다. 당시에 최고 인기 프로그램인 '웃으면 복이 와요'란 개그 프로그램이 있었다. 웃으면 복이 온다면서 일부러라도 웃어야 한다고. 웃는 것의 중요성을 부각시키면서 웃고 사는 사회 분위기를 조성하는 것이었으리라. 그만큼 유교 사상으로 물들어서일까, 아니면 바쁘게 달려온 사회의 또 다른 단면이었을까.

차츰 경제생활의 안정과 의식주가 해결되고 삶의 질에 관심이 커져 갔다. 나도 내 안의 작은 의문들을 자문해 봤다. 짧은 인생 뭐 그리 심각하게 살아야 할 이유가 있겠는가. 웃으면서 살아도 촌음 같은 삶인데. 형이상학적으로 살 필요는 없을 것이다. 삶의 결정체는 기본 욕구로만 채워지는 것이 아니었음을 알았고, 문화생활 욕구가 커지면서 문화 센터의 인문학 강좌를 기웃거리기 시작했다. 강의실엔 웃음을 배우는 수강생들로 꽉 채워져 있었다. 웃음 교실이 최고 인기 강좌로 부각되기도 했다. 방송 강의도 웃음에 대한 이야기가 단연 압권이었다. 어떤 강의를 맡은 박사는 웃음은 만병통치약이라면서 엔도르핀 제조기라고도 했다. 너도나도 웃음 가득한 사회를 만들려고 노력하는 것을 보면서 시대가 많이 변화되어 감을 절절히 느꼈다. 아버지가 그토록 내 웃음을 제재하던 시대를 돌아보면 웃음에 대한 개념도 세월 따라 변하는 것 같다. 상전벽해를 느끼듯.

주변에서 웃음 치료 교실에 다니는 지인을 만났다. 그녀 역시 매우 보람된 일이라며 자신의 선택을 자랑했다. 누구에게나 권유하고 싶은 공부라고 말하는 그녀는 행복해 보였고 전혀 다른 사람이 되어 있었다. 지병으로 한동안 우울했던 표정들이 사라졌고, 오히려 동병상련의 고통으로 서로를 위로하는 전도사처럼 행동했다. 웃음이 그녀의 몸과 마음을 치료하는 신통력까지 발휘해 준 모양이었다.

문득 타인에게 비친 나의 미소를 떠올려 봤다. 어떤 마음으로 살고 있는지. 가족은 물론 타인에게도 미소는커녕 오만상을 찌푸리며 내 기분대로 살았음을 알았다. 언제였던가. 웃고 살았던 기억이 아련했다. 감정 전이의 해악도 아예 모른 채 살고 있었다. 그만큼 마음을 열지 못하고 스스로 닫힌 시간들이었다. 유심소작(唯心小作)이라는 말이 있다. 모든 일은 오직 내 마음의 산물이라는 뜻으로, 일체유심조와 같은 개념이다. 인생은 마음먹기 따라서 바뀔 수 있다는 것이다. 웃음은 마음의 산물이니 가슴을 열고 마음공부를 해야 할 필요성을 절감했으니까.

가끔 해외여행을 하면서 인상 깊었던 거리 풍경이 생각난다. 아프리카와 인도 오지에서 사람들을 만날 때였다. 선한 표정과 여유 있고 웃음 띤 얼굴의 잔상들. 신기했다. 외모는 남루하기 짝이 없었고, 양어깨에는 무거운 짐을 잔뜩 짊어지고 거리를 오가는 사람들의 밝은 표정을 보며 나를 의심했다. 그러고 보니, 행복은 경제력과 비례해 오는 것은 아니리라. 선진국이 오히려 자살률도 높지 않은가. 가끔 발표하는 행복 지수의 통계 지표를 보면서 우리의 현실도 새로운 대안을 찾아야 할 것이다. 행복 지표는 마음에 미소 없이 암울함으로 생활하고 있음을 대변해 주니까. 삶의 질을 확보하는 것은 물질이 아님을. 더 풍요로운 세상이 온다고 하더라도 마음이 흡족하지 않으면 행복이란 무슨 의미가 있으랴. 어릴 때부터 경제 못지않은 마음 다루기도 병행하면 좋겠다.

오늘 하루의 일상을 상상해 보았다. 내 마음먹은 대로 나의 지도를 그릴 것이고 펼쳐 갈 것이기에 함부로 살 수 없는 시간이다. 좋은 생각과 만남으로 기쁘게 사는 내 모습을 염원한다. 내 안의 뜰을 살펴보면, 가벼운 마음은 단순하고 소박할 때 평온함이 찾아왔다. 그때는 저절로 미소가 나오고 평화를 느끼면서 시기하는 마음이나 미워하는 마음, 부정적인 생각이 없을 때였다. 염화시중(拈花示衆)의 미소란 이런 상태가 아닐까. 은근하게 밀려오는 잔잔한 미소가 나를 행복의 세계로 이끌어 주니까. 하루를 보내면서 더 밝은 웃음으로 살아가길 다짐했다. 그것이 상대는 물론 진정으로 나를 위한 길이기에.

며칠 전 '세계테마기행' 방송 프로를 보면서 느낀 점이다. 여러 나라를 3시간 동안 소개하기에 나라마다 소개하는 사람이 달랐다. 그중 내 눈을 사로잡은 방송인이 있었다. 그는 담당 여행 프로그램을 소개할 때 현지인들과 만나면서 시종 미소 지으며 환하게 웃었다. 어쩌면 저렇게 웃을 수 있을까. 웃는 얼굴에 침 못 뱉는다고. 설령 방송을 조금 못해도 그저 점수를 이미 따 놓은 당상인 듯. 그의 미소는 국위 선양까지 해 줄 것 같은 웃음으로 보였다. 그를 보면서 웃음이 얼마나 중요한지를 새삼 깨달았다. 시청하는 동안 기분 좋은 에너지를 시종 받았으니까.

아침에 일어나면, 거울을 보고 웃음 연습을 한다는 지인들을 자주 만난다. 이구동성으로 그들은 얘기한다. 웃으니까 하루가 술술 풀리고 자꾸 웃을 일이 저절로 생겨난단다. 습관적으로 웃다 보니, 본인 마음도 어느덧 긍정적으로 물들어 아예 인상도 바뀌었다고 했다. 나 역시도 그렇다. 웃으면서 상대방을 만나니 기분 좋고 내 표정도 더 밝아졌다. 미소는 마법 같은 위력을 발휘하는 매력덩어리다.

언택트(untact) 시대를 지나며 웃음의 중요성을 재확인했다. 카르페 디엠! 혼자라도 외치고 싶다. 오히려, 코로나 대신 웃음 바이러스가 지구촌으로 확산되었으면 좋겠다. 현재를 살아가는 오늘, 밝은 미소가 고운 향기 되어 멀리 퍼져 가길 소망해 본다. 기쁨의 꽃은 미소의 힘으로 피어날 테니까. (2021년 문학 등단 작품)

* 카르페 디엠: 현재를 즐겨라. 지금 이 순간에 충실하라. (라틴어)

뒷모습

내가 나를 바라본 내 모습. 무수한 인연들과 만남 속에서 비친 나를 떠올리며 나의 존재를 확인해 본다. 아름다운 모습과 추한 모습의 나를. 내가 감당해야 할 목소리들이 가깝게 속삭이는 듯하다. 과거에 연연하지 않고 지금 최선을 다하면, 그것이 아름다운 뒷모습이 될 것이라고.

하루에도 수많은 만남을 통해 살고 있다. 그저 스치며 무의미하게 사라지는 것 같아도 사라짐 속에는 이미지를 남긴다. 그림자 같은 영상들. 그것은 나도 모르는 사이에 내 안으로 들어와 어떤 모습과 형상을 만들어 치환시켜 갈 것이다. 스쳤던 이미지가 무엇으로 남겨졌는가. 긴 여운을 남겨 준 무수한 인연들의 뒷모습을 생각해 본다.

식물의 한해살이를 떠올려 보았다. 그들의 처음과 끝의 존재감을. 시작은 너무 심오하고 오묘한 조화를 이루어 그 깊이조

나는 날마다 새날을 꿈꾼다

차 가늠할 수 없다. 신비 자체다. 하찮게 여기는 길거리의 풀한 포기도 신의 걸작이니까. 한겨울 모진 추위를 견디며 대지를 뚫고 연초록 옷을 입은 새순이 봄을 선보이면서 자연의 위대함이 시작된다. 위풍당당 행진곡의 서막처럼. 차츰 무성하게 우거진 녹음 터널을 지나 화려한 단풍으로 절정을 이루다가 낙엽으로 삶을 마감하는 저들의 한 시절. 찬란했던 계절은 찰나처럼 속절없이 지나가고 그들의 마지막 모습을 바라보면서 남겨진 흔적들을 사유하며 내 삶을 어떻게 대입해 볼 수 있을까.

내가 남긴 뒷모습의 여운은 무엇을 대변하는지. 내 원초적 존재를 확인시켜 주는 숨을 바라보았다. 들숨, 날숨을. 이들의 나직한 정체를 따라가 본다. 미세한 숨의 들락거림을. 마치 파도치는 물결을 닮은 것 같다. 내 마음이 편할 때는 한없이 평온하고 부드럽다가 사악할 때는 성난 파도처럼 무섭게 회오리치며 사방을 삼킬 듯 거칠어진다. 숨결 따라 내 안의 나를 확장해 본다. 내가 딛는 발걸음은 어떤 그림자를 남기고 있을까. 하루에도 수만 가지 만나는 것들의 자취를 떠올려 보았고, 순간 속으로 사라지는 말과 숨의 정체를 되새겨보았다. 해서 나란 존재의 정체성을 찾으며……

얼마 전 학창 시절 친구를 만났다. 옛 추억을 소환하며 타임머신을 타고 과거로 유영한 시간. 세월이 흘러서인지 얼굴과 생각은 천양지간이었다. 갈수록 대화 분위기는 통속적 이야기로 흘렀다. 사소한 얘기들. 재테크, 외모 가꾸기. 가족 얘기, 주로 자랑과 험담거리였다. 마침 멍석 깔아 놓은 기회를 놓치지 않으려는 듯 걸쭉한 입담들. 처음과는 다르게 만남도 서서히 지루함으로 바뀌기 시작했다. 나도 누군가처럼 슬며시 귀갓길을 서두르며 헤어졌다. 학창 시절엔 재미있어 시간 가는 줄 모르고 헤어지기가 아쉽기만 했는데, 이런 허전함은 무엇인가. 대중교통을 이용하면서 머릿속은 온통 오늘 대화들로 꽉 찼다. 뿌듯함 대신 공허함이 몰려왔다. 삶의 이정표가 달라서인지 공감을 하지 못했던 것이었다. 허전함으로 휴대폰만 만지작거렸다.

요즘 코로나로 일상을 제한받다 보니 새삼 과거 뒷모습들이 애틋하게 다가온다. '있을 때 잘해'라는 노랫말이 크게 다가오면서 풍수지탄(風樹之嘆)이란 고사성어도 떠오른다. 지나온 시간들을 후회하지 말고 살아가라는 이야기이며, 뒷모습을 아름답게 남겨야 한다는 말이리라. 갈 길이 아직도 멀었나 보다. 지금도 많은 시행착오를 일으키며 착각 속에서 살고 있으니까.

아차, 하면서 연신 후회의 되돌림만 번복하는 나였으니.

오래전 본 다큐멘터리 영화 〈울지마 톤즈〉가 생각난다. 난 영화를 즐겨 보는 편은 아닌데 유독 그것은 뭉클한 감동으로 가슴속 한 권의 소중한 책처럼 내 영혼을 성숙시켜 주었다. 남 아프리카 수단, 오지의 열악한 환경에서 봉사하는 이태석 신부의 눈물겨운 헌신 이야기다. 극도로 피폐한 삶의 현장에서 그들과 동고동락하며 아름다운 삶을 실천했던 사람. 성자 같은 그를 보며 얼마나 감동을 했는지. 흐르는 눈물을 주체할 수 없어 영화관 옥상에 올라가 한참을 울었다. 아직도 한센병 환자의 뭉그러진 발을 위해 특수 제작 한 신발을 손수 만들어 준 영상이 눈앞에 선하다. 그는 매 순간 어려움에 부딪히거나 인간적인 갈등을 느낄 때마다 신에게 질문하곤 했단다. "그분이라면 뭐라고 말씀하셨을까. 가슴에 귀 기울이며 오롯이 신의 음성을 들으며 행동했다니까." 수단의 슈바이처이신 신부님은 아쉽게도 사십 중반에 신의 부르심을 따라 먼 하늘로 돌아가셨다. 고귀한 분의 발자취가 내겐 더욱 그윽한 향기로 남았다. 그가 남긴 뒷모습은 내 삶의 터닝 포인트로 큰 울림이요, 반향이었기에.

며칠 전 장미 공원을 산책했다. 추운 겨울 그들은 어떻게 지낼까 문득 생각이 났다. 한 시절 황홀한 빛깔로 사람들의 발길을 단단히 붙들던 그곳. 세계의 장미들이 다 모인 듯 전시장을 방불케 했던 장소는 짚으로 얼지 않도록 야무지게 덮여 있어 고마웠다. 사방 고층 콘크리트 건물 속에 누런 볏짚으로 덮여 있는 이색 풍경이 초가집처럼 정겨웠다. 이엉을 얹은 어릴 적 고향 집이 불현듯 생각나 사진을 찍고 있었다. 그때 누군가 인기척을 했다. 지인이었다. 두터운 겨울옷으로 무장하고 마스크까지 했는데 쉽게 알아보다니. 그녀는 뒷모습이 영락없이 나라고 생각했다는 말을 곁들였다. 나의 이미지와 뒷모습이라는 말에 놀라웠고 순간 내 가슴은 철렁했다. 잘못한 일을 하다가 들킨 것처럼. 평소에 나는 어떤 모습으로 비쳤을까. 생각이 스치면서 원수는 외나무다리에서 만난다는 속담도 동시에 떠올랐다. 다행이다. 좋은 인연의 지인이어서 안도했다. 이제부터 나도 평소 품행을 단정히 해야겠다는 생각이 들었다. 어디서 누구를 만나더라도 아름다운 사람으로, 좀 향기로운 기억으로 남게 되도록 행동해야겠다고.

사람의 아름다운 뒷모습은 얼마나 숭고한 자태인가. 숨길수도, 감출 수도 없다. 그런 삶의 여운은 정녕 아름다운 삶의 흔적으로 남을 것이다. 그것은 누군가에게 희망을 노래하고 살맛 나는 세상으로 인도해 주리라. 화장하고 꾸민 앞모습이 아니다. 겉치레의 미소를 머금지도 못한 솔직한 뒷모습이 아닌가.

또한 나의 삶을 통해서 수시로 자문해 봐야 하겠다. 양심을 거르는 행동들은 내 뒷모습을 가끔 초라하게 만들기에, 바로 평정심을 잃지 않는 일이다. 내 주변의 가족과 지인들, 특히 내가 남긴 말과 언행은 더없이 중요하다. 그것은 함께 사는 동안 선한 에너지를 전달하는 통로로 작용될 테니까.

책상 앞 벽에 걸린 사진 몇 장이 유독 눈에 띈다. 모두 카메라를 향해 멋진 포즈를 취하면서 자신을 맘껏 과시하고 있었다. 브이 손가락, 하트 만들기 표정, 온갖 폼으로 뽐내면서. 하지만 나란히 앉아 뒤통수만 보이는 사진에 유독 눈길이 갔고, 자꾸 호기심이 일었다. 무슨 생각을 하고 있으며 얼굴 표정은 어떨까. 기분은 좋은지, 온갖 궁금증을 더해 가며 상상의 나래를 폈다. 아하, 뒷모습은 알 수 없는 호기심 속의 미덕으로 남는 것인가. 그렇다. 보이는 모습 너머의 배려와 후덕함이다.

골목길을 걷다 보니, 어느 집 앞 나목에 걸려 있는 주홍빛 감이 처연하게 매달려 있었다. 앙상한 가지 끝 붉은 열매는 단박에 눈길을 끌었다. 선명함이다. 늦가을에서 겨울로 가는 길

목에 무채색의 가지 위에 잘 익은 두 개의 감. 예사롭지 않았다. 왜 그대로 두었을까. 새들을 위함인지 아니면 사람을 위한 배려인지. 주인의 인정이 함께 걸려 있는 듯. 푸근하게 다가와 한참 동안 바라보았다. 나의 마지막 뒷모습도 저렇게 남겨진 잘 익은 감처럼 누군가에게 아름다움을 남겨 주고 싶다.

이젠, 속절없이 빠른 세월만 탓해서도 안 되겠다. 어차피 모든 인연들도 가고 오는 계절과 같은 것. 고운 흔적의 뒷모습을 남기고, 아쉬움 없이 떠났으면 좋겠다. 누가 보든지, 안 보든지 저 감처럼 하늘의 뜻에 순응하고 싶다. 소원의 등불을 밝히는 심정으로. (2021년 문학 등단 작품)

무언의 나이테

만일 내가 다음 생에 태어난다면 나무로 태어나고 싶다. 어떤 종류든 불평하지 않고 신의 부름에 따라 순응하면서. 자연 가운데 이처럼 크게 선한 영향을 끼치는 것이 또 있으랴. 오욕칠정, 인간의 마음을 다독여 주고 침묵으로 가치를 드러내며 지혜를 가르쳐 주는 나무. 그는 언제 어디서나 한결같은 그 모습으로 나를 푸른 영혼의 안식처로 감싸 준다. 말없이 나이테를 더하면서도 생색내거나 불평하지 않으며.

어릴 때, 산골에서 자랐다. 집은 물론 주변이 온통 각종 나무들로 둘러싸여 있었다. 나처럼 저들도 당연히 삶의 터전으로 여기며 살았을 것이다. 숙명으로 받아들이며. 뒷동산 언덕 위에 있던 오래된 소나무 한 그루가 생각난다. 옆으로 길게 뻗어 누운 튼튼한 가지가 장정 팔뚝보다도 힘센 가장귀를 자랑하듯 높이서 버티고 있었다. 마을 사람들은 두껍게 새끼 꼰 그네를 매달아 놓아 동네 사랑방 같은 놀이터를 만들었다. 청년 두 사람이 타도 또 여러 명이 매달려 빙빙 꽈배기처럼 꼬았다 풀었다 헤쳐도 꿈쩍하지 않았다. 가슴 졸이며 놀던 천진난만한 지난날, 자신의 모든 것을 아낌없이 내어 주던 나무는 아득한 시간 너머 온갖 그리움을 소환해 주었다.

도시로 유학 온 중학교 시절은 어떤가. 지긋지긋한 시골을 탈피했기에 처음엔 날아갈 듯 기뻤다. 온통 사방이 회색빛 콘크리트 건물이었지만 우선 집안으로 들어오는 해충들로부터 해방되었고 마당 앞에 떨어져 지저분하게 나뒹구는 낙엽들을 쓸지 않아서 신이 났다. 서서히 도시 바람으로 동화되어 가는 나는 우물가의 처녀가 바람나듯 한동안은 고향을 등지고 신명나게 보냈다. 그러나 시간이 흘러, 얄팍한 이기심으로 호사를 즐긴 듯했지만 시골 향수가 뇌에 유전 인자로 각인되었는지 대로변 가로수나 학교 교정의 나무들을 볼 때면 영문 모르게 뒤가 켕겨 왔다. 괜스레 나무를 보면 내 오만한 행동을 들킨 듯 송구한 마음이 불쑥불쑥 들었으니까.

가끔 학교 행사로 송충이를 잡던 날도 떠오른다. 혐오스러운 벌레로 몸통은 보송보송 하얀 털이 났고 꿈틀대며 기어가던 모습이 어찌나 징그러운지. 그것을 보면 내 몸의 세포들도 경계 태세를 갖춘 듯 닭살이 돋았다. 송충이가 많아 나무 살리기 운동은 봄마다 단골손님 치루듯 연례행사였는데 지금은 사라지고 대신 재선충이라는 무서운 암 같은 혹이 출몰했다. 이들도 인간처럼 질병이 진화 발전 하는가. 말 못 하는 미물도 겪는 고통은 대동소이하리라 여겨지니 병든 나무의 신열이 애처롭다.

그러다가 고향을 떠나 살게 된 어느 날, 제2의 고향처럼 머물 곳을 찾으며 깜짝 놀랐다. 부지불식간에 일 순위로 나무가 있는 동네를 찾고 있는 것 아닌가. 숙고한 끝에 찾은 집. 나무가 많기로 소문난 아파트를 구해서 여간 다행이었다. 1층이었던 우리 집. 거실 앞 베란다 유리창 앞에는 정원수처럼 감나무와 단풍나무가 있었다. 그것은 젊은 날 간직했던 사계절의 변화무쌍함을 옮겨 온 듯했고 세월의 서정을 고스란히 추억하게 해 주었다. 옛 친구를 만난 듯 얼마나 반갑고 기쁘던지, 그 덕분에 오랜 세월을 가족처럼 동고동락하면서 함께 지냈다. 고향의 정서 그대로 가을이면 홍시감을 주워 거실 장식장에 올려놓고 열매 맺기까지의 성장 과정을 상상했고 단풍나무는 책갈피마다 끼우며 감성을 길러 주는 사색의 시간으로 보냈다. 그러나 회자정리의 시간이 도래했는지 재건축으로 이사를 해야

했다. 우리 동네를 잘 아는 사람들의 한결같은 안부 인사도 먼저 나무 거처에 대한 궁금증을 물었다. 그러고 보니 나무는 만인의 연인처럼 사랑받는 존재임이 틀림없음을 증명이라도 하는 것 같다.

어쩔 수 없이 헤어져야 하는 우리, 떠나올 때 수족 하나 잃은 듯 아픔이 컸다. 함께한 시간들이 영사기 필름처럼 돌아갔다. 애통해하지 말고 그저 현재에 충실하며 살라고 당부하면서 나를 위로해 주는 것 같았다. 시절마다 의연한 침묵으로 살라는 가르침들, 또한 알게 모르게 받은 무한한 은혜는 감사뿐이니 나무는 나에게 큰 스승과 같은 존재처럼 여겨진다.

올여름은 장마 피해가 심했다. 삼림을 훼손한 대가가 아니던가. 각종 재난 사고들은 자연을 보호하지 않고 함부로 다룬 탓이리라. 앞으로 어떤 재난이 닥칠지 염려된다. 바이러스처럼. 지금이라도 우리는 나무를 사랑하고 보호하여야 한다. 온갖 산새와 생물들에게 아담한 보금자리를 제공하고 있는 나무를 떠올리면 생각만으로도 행복해진다. 마치 그리운 고향에서 포근한 선물이라도 받은 듯.

요즘 들어 나무에게 부쩍 미안한 생각이 드니 이제야 철이 나는지. 내가 사용하는 종이 한 장도 그의 분신임을 깨달아서

나는 날마다 새날을 꿈꾼다

다. 소중함을 알아보지 못하고 함부로 했고, 자신을 희생해서 나오는 산물이었음을 미처 몰랐다. 원초적인 생명을 도외시했고 자각하지 못한 나의 무심함. 이제라도 알았으니 아끼며 조금이라도 피해가 되지 않도록 노력해야겠다.

며칠 전, 고향 방문길에 우리 집 과수원 나뭇가지들을 보았다. 하늘을 향해 쭉쭉 뻗던 예전 가지의 모습은 오간 데 없이 옆으로만 뻗고 있었다. 마치 분재처럼. 열매를 따기에 알맞은 조정 장치란다. 마음이 아팠다. 인간의 편리를 위한 행동, 저들도 당당하게 하늘 향해 뻗고 싶었을 텐데. 말 못 한다고 구부리고 동여매고 결박당해야 하는지. 생물의 일생이 눈앞에 어른대며 숙연했다. 자연도 분신처럼 여기며 신중하게 대하는 태도를 가지면 좋겠다. 그래서 나는 분재를 좋아하지 않는다. 몸통과 뼈 마디마디를 헤집으며 무서운 금속으로 속박하는 고통이 내 몸부림처럼 느껴지니까. 그들은 고통을 내면으로 감내하면서도 끊임없이 성장을 추구해 가고 있었다. 쭉쭉 뻗은 날씬이가 아닌 난쟁이처럼 옆으로 퍼졌지만 자부심은 양보하지 않겠다는 듯 탐스런 열매들을 가지마다 야무지게 매달고 있었으니.

나무에 대한 기억은 내가 살아온 세월과 같다. 언제나 함께

한 길동무 같은 존재였기에. 희로애락을 같이했고 자랑스러워 '그'로 부르고 싶다. 그는 나에게 신념을 심어 주었다. 당당함, 왜소함, 어떤 불평도 하지 않는 살아 있는 성자의 전형처럼.

타고난 성품이어서인지 그는 어디서나 귀빈 대접을 받고 있다. 게다가 관광객들까지 불러 주는 효도를 하면서. 꽃과 단풍으로 자신을 변신시킬 땐 하늘을 찌르듯 인기가 짱이다. 사람들이 몰려와 탄성을 지르고 찰칵찰칵 사진을 찍으며 흥분의 도가니에 빠지게 하기도, 껴안고 입 맞추며, 주체할 수 없는 감정으로 우리를 마법에 걸리게 한다. 나도 엄마 품처럼 안기면 근심이 눈 녹듯 사라진다. 그는 세계 무대에서도 인기를 한 몸에 받고 있는 것 같다. 인류가 추앙하니까. 나도 외국 여행을 다녀온 후 추억을 반추하면 그가 일 순위로 떠올랐다.

몇 년 전 여행 가서 보았던 아프리카 바오밥나무가 생각난다. 그림으로 보았는데 직접 보니 그들은 어마어마한 몸통을 과시하며 의젓하게 군락을 이루며 줄지어 서 있는 게 아닌가. 기묘한 모습은 당당한 자존감으로 비쳐 경탄했다. 천 년 이상 풍상을 견디며 살아온 그들이라는 얘기를 듣고 숙연했고, 외경심이 일었다. 내 영혼이 신을 만난다면 이런 마음일까. 잊을 수 없는 순간이었다. 그 곁에 사는 마을 사람들은 나 같은 에너지를 늘 받고 살아서인지 남루한 옷을 걸치고도 웃음을 잃지 않는 의연한 모습에 가슴이 뭉클했다.

가끔 내 삶이 출렁거려 강퍅한 마음이 일 때 그를 생각한다. 겸손하게 살라는 교훈을 떠올리며. 아집과 편견을 버리고, 욕망을 비워 가면서 나의 시간이 다하는 그날까지 그들과 손잡고 살아갈 것을 다짐해 본다. 그가 베푸는 은혜는 무궁무진하지만 무엇보다도, 태어난 곳이나 빠른 세월을 불평하지 않는 무언의 가르침이다. 나처럼 해가 바뀔 때마다 한 살씩 나이를 더해도, 그는 절대로 호들갑 떨지 않는다. 내가 다시 태어난다면, 나무처럼 무언의 수행자, 그대가 되어 환생하고 싶다. (신사임당 문학 출품)

처음으로 돌아가는 길

'처음'이란 단어는, 미지의 세계를 동경하듯 신선한 매력과 호기심으로 다가왔다. 순간 살아 있다는 감각이 밝은 빛을 띠고 금방이라도 내 안에 찾아오듯. 어제의 구습을 버리고 새롭게 살아야 한다고 주문하는 소리처럼 들렸다. 긍정의 언어들이 떠올랐으며 첫사랑, 첫 만남 같은 두근거리는 환영이 연상되었다. 얼마나 설레고 희망찬 길인가.

나에게 처음이란 의미를 진정성 있게 받아들이며 새긴 적이 언제였던가 생각해 보았다. 누구나 새해를 맞이할 때 통념적으로 떠올리듯 나 또한 그랬다. 지인들과 송구영신 문자를 주고받고 새해맞이 덕담을 나누는 정도였다. 갑자기 그동안 꾸준히 써 왔던 일기장이 궁금하여 꺼내 보았다. 해마다 새해맞이는 특별한 각오라도 해야 할 듯, 그럴싸한 결심들로 빼곡히 적혀 있었다. 그것이 며칠 못 가 시들했지만, 어쨌든 그 행위는

나는 날마다 새날을 꿈꾼다

새롭게 하려는 의지를 북돋아 준 것이 틀림없었다. 오랫동안 한결같은 마음으로 지탱하며 기록처럼 실천했다면 오죽 좋으련만 그렇지 못했다. 자숙하는 심정으로 덮고 생각에 잠겼다. 첫 마음을 유지하며 지켜 나간다는 것은 태산을 넘는 것만큼이나 힘든 일임을 성찰해 보면서.

새해를 맞이하며 올해도 계획들을 새 일기장에 쭉 써 내려 갔다. 쓰고 보니 작년과 비슷한 결심들이었다. 다른 해와는 다르게 생각해야지 다짐했지만, 역시 같은 내용으로 비등비등하게 채워져 있었다. 내 삶의 모습과 활동 반경이 고만고만하게 이어져 가고 있어서였다. 하지만 새 다짐을 하며 마음이라도 환기시켜서인지 쓰는 일이 좋았다. 처음이란 의미를 부각시킬 수 있었고 구체화시켜 볼 수 있었으니까. 시간이 쏜 화살처럼 흘러 벌써 정월 하순으로 치닫는다. 올해도 또 연례행사처럼 평범한 하루를 보내고 있음을 일기장을 살펴보며 알았다. 첫 다짐들을 잊은 채. '처음'이란 의미를 나는 곡해하지는 않았을까.

낱낱이 해부하듯 단어를 파악해 보았다. 말과 글은 나의 전부를 표출한다. 그것은 생각으로 나타나고 곧 행동으로 이어지면서 인생 전 인격을 이루어 가면서 나를 규정지을 것이다. 그동안 써 왔던 일기를 관찰해 보니 처음의 중요성을 강조한

탓인지 비장한 각오들만 그럴듯하게 늘어놓았다. 실현 가능한 구체성보다는 막연하게 썼다. 마치 내용물보다 그럴싸한 상품의 포장지처럼.

처음은 무엇인가. 시작하는 순간, 행동의 출발점이다. 나는 행동보다는 말 의미 자체로만 무게 중심을 두고 견지해 왔음을 알았다. 마치 헛다리 짚듯 일상의 일거수일투족이 처음이란 순간으로 출발한다는 걸 잊고 살았으니까.

첫 시작, 아침 기상으로 눈뜨는 순간부터 나는 모든 사물들과 동시에 처음을 만나고 있었다. 공기가 그렇고 나를 둘러싼 모든 것들과의 만남들이. 이런 생각으로 주변을 바라보자 생이 얼마나 경건하게 느껴지는지 경외스럽기까지 했다. 처음이란 말과 단어가 어마어마한 무게처럼 느껴졌다. 평소에 나는 일체유심조란 말을 좋아한다. 하지만 지금처럼 이렇듯 진지하게 내 삶 깊숙이 대입해 본 적은 없었다. 이번에야말로 그 말이 각별하게 다가오면서 처음이란 미션은 평범 속에 진리처럼 들어 있다는 걸 알았다. 일상의 순간을 알아차림으로 살아야 함을 재인식하게 되었으니까.

무덤덤하게 살아온 지난날이 떠올랐다. 아무 생각 없이 살아왔다. 지금이야말로 내가 기억해야 할 화두가 이것임을 깨달

나는 날마다 새날을 꿈꾼다

았으며 불현듯 회자되는 말이 머릿속에 스쳐 갔다. '어제 죽은 이들이 그토록 그리워하는 내일.' 삶에 대한 갈망, 경험에서 우러나온 사람들의 간절한 마음 담긴 절박한 메시지 아닌가. 가슴에 새겨야겠다. 가끔씩 떠오르는 말이 순간 큰 울림으로 교훈처럼 뼛속 깊이 다가왔다. 그것은 매일을 새롭게 살아야 한다는 나의 도전처럼 느껴졌다. 이젠 나도 참선 수행자가 깨달음을 얻기 위해 오랜 시간 오로지 하나의 화두에 몰두하는 것 같은 심정으로 실천해야 할 때가 됐다.

지금 이 순간은 처음이란 출발선 위에 있다. 나의 첫 만남을 떠올리며 하루를 가다듬어 보았다. 오늘은 내 인생의 가장 젊은 첫날, 나에게 허락된 젊은 시간을 어떻게 요리하면서 살 것인가 고민해 보았다. 어제와 동일한 먹거리로 할 것인가 아니면 특별한 것으로 채워 갈 것인가. 중용의 지혜가 필요했다. 너무 치우치지 말고 맞갖은 선택으로 화두를 떠올리면서. 첫 출발을 의식하며 진중하게 최선을 다하라는 메시지, 이것을 잊지 않고 살아가라는 것이리라. 마치 달리기 선수가 출발선 앞에서 신호에 집중하듯 말이다.

나에게 남은 시간을 계수(係数)해 보았다. 처음이란 단어를 놓치지 않고 산다면 예전 실수를 조금 줄일 수 있을 것이다.

깊이 있고 신중하게 행동할 테니까. 하루를 생각 없이 살 때는 실수투성이였다. 이제는 뜻을 알았으니 진지하게 살아야겠다. 얼마 전 발가락이 골절되었다. 원인을 생각해 보니 처음 가던 장소를 조심성 없이 덤벙거리다 순간의 실수로 이어졌다. 조심하는 것을 잊어버린 것이었다. 순간 행동을 뒤돌아보며 굳게 다짐했던 말의 의미심장함을 새겨보았다. 그것은 의식을 가지고 살라는 삶의 메시지였다.

이제는 처음이란 어떤 신비함이나 결심의 전부도, 설레거나 환영도 아니었음을 알았다. 그저 주어진 일상을 처음과 같은 마음으로 변함없이 살아가는 태도라고 여겨졌다. 지금은 고인이 되신 신영복 교수님의 말이 떠오른다. '처음으로 하늘을 만나는 어린 새처럼, 처음으로 땅을 밟는 새싹처럼 언제나 새날은 시작하고 있으며 산다는 것은 수많은 처음을 만들어 가는 끊임없는 시작이라고' 내게 주는 사명처럼 들려왔다.

지금 나는 수많은 처음들로 하루를 만난다. 생각을 전환해서인지 이 말이 맑은 공기처럼 신선하게 다가왔다. 일상은 반복으로 흘러가겠지만, 내가 사는 그날까지 처음이란 단어를 가슴 깊이 음미하며 살아야겠다. 새봄을 기다리는 어린 새싹처럼, 처음이란 단어는 나의 호흡이 되고 있으므로.

나는 날마다 새날을 꿈꾼다